JN116029

本書はTBS系日曜劇場『VIVANT』のシナリオをもとに小説化したものです。

小説化にあたり、内容には若干の変更と創作が加えられておりますことをご了承ください。

なお、この物語はフィクションです。実在の人物・団体とは関係ありません。

原作・福澤克雄
ノベライズ・蒔田陽平

●●

日曜劇場
VIVANT
（下）

扶桑社文庫
0802

6

『テント』の会議用ゲルにアルバンの淡々とした声が響いていく。

「……以上により、今年度の利益は予算時を五・七%上回り、十二億四三五三万ドルとなりました。特に大幅な増益に貢献したのは、アリが担当した日本、丸菱商事からの誤送金一億ドル。そして、ギリアムが担当したブラジル、マテウス社からの誤送金二億三二〇〇万ドルとなっています」

収支報告を終え、アルバンが席につく。ノゴーン・ベキは手もとの資料から顔を上げ、目でノコルをうながした。

「ギリアム」

ノコルに名を呼ばれ、戸惑いながらギリアムが席を立つ。

「はい」

「今回の貢献により、ベキより贈呈品が用意されている」

「!!」

箱を持ったバトラカがギリアムの前へと進み出る。

ベキがおもむろに口を開いた。

「受け取ってくれ」

「あ、ありがとうございます！」

ギリアムが箱を受け取り、幹部たちから拍手が湧き起こる。

「すべてはベキのご指導のおかげです……」

鳴りやまぬ拍手のなか、ギリアムは箱を開けた。

中を見たその目が見開かれ、のどの奥から絶叫がほとばしった。

「ああああああ！」

箱が床に落ち、男の切り落とされた耳と指輪をつけた手首がこぼれ出る。騒然となるゲルの中、ベキの怜悧(れいり)な眼差しがギリアムを見据えている。

「あ……あ……」

陸に揚がった魚のように、ギリアムはただ口をパクパクさせている。半数以上の幹部たちが状況を理解できず、困惑と恐怖に包まれている。

ノコルがギリアムに向かって、ある人物の名前を告げる。

「クーダン中央銀行のエンゾ・パウロ……誤送金で手に入れた金やダイヤを売却して現金化する銀行担当者だ」

ギリアムの顔が蒼ざめ、額に冷や汗がにじんでいく。

ノコルが手を叩くと、モニターが運び込まれた。画面には何かのチャートが映し出されている。ノコルにうながされ、ピヨが立ち上がった。

「ここ三年の金相場の値動きです。パウロが金を売却した日付は二〇二〇年三月四日、二〇二一年六月三日、二〇二二年八月九日……なぜか、いずれも最高値を約十％下回る段階で売却されていました」

ノコルがギリアムに訊ねた。

「なぜ、最高値の時点で売却できなかった？」

「そ、それは……パウロが相場の動きを見越せていなかったのかと……」

ノコルの指示で画面が動画へと切り替わる。映し出されたのは薄暗い部屋だった。両手両足を拘束されたパウロがイスに座らされ、その手前にナイフを手にしたピヨが立っている。奥にはノコルの姿もある。

「！……」

画面の中のピヨがパウロに訊ねる。

「お前は最高値で金を売却したにもかかわらず、我々にその売却日を偽って報告し、差額を懐に入れた。違うか？」

「そ、そんなことするわけないだろ。売却日の証明書だって渡している！」

必死に否定するパウロに、ピヨが迫る。「お前なら日付を改ざんするくらい簡単だ。正直に言えば、命までは奪わない」

「言いがかりだ！　神に誓ってしていない！」

ピヨは残念そうに首を振り、ある書類を突きつけた。

「銀行内の処理上のデータだ。取引証明の書類と日付が違うよな」

パウロの顔色が変わった。奥からノコルが冷たく言った。

「説明してもらおうか」

「ち、違う……俺はただ、ギリアムに儲けは折半にするからって持ちかけられて――」

ピヨの手がすばやく動き、パウロの首から鮮血がほとばしる。

唐突に動画が終わり、画面は金相場のデータへと戻った。

事情を知らなかった幹部たちは凍りついたように沈黙し、ギリアムは恐怖に震えはじめる。ピヨが事務的な口調で報告を続けた。

「実際に売却が行われていたのは二〇二〇年六月二十九日、二〇二一年九月十九日、二〇二二年十一月二十八日……」

「あ……あ……あ……」

口を半開きにしてうめきはじめたギリアムに、ノコルが詰め寄っていく。

「この三年間の売却で、お前のもとには七五三万ドルが入っているはずだ。金はどこにある!!」

「……も、申し訳ございません!!」

地面に膝をつき、ギリアムはすがるようにノコルを見上げた。

「病気の母と妻のため、土地を買い、自宅を建てることに使ってしまいました。一生をかけて必ず返します！　どうか、ご慈悲を……」

モニターにふたたび映像が流れはじめた。

「?」と目をやり、ピヨに銃を突きつけられた妻の姿を見て、ギリアムは叫んだ。

「リオン！」

恐怖で涙ぐむリオンは、銃を突きつけられたまま地下倉庫へと向かう。指示しているのはノコルだ。リオンが鍵を開け、三人は倉庫の中へと入っていく。

続いてカメラが映し出したのは、倉庫に積まれた大量の札束だった。

「!!」

背後に人の気配を感じ、ギリアムの背筋が凍る。

いつの間にかベキがギリアムの後ろに立っていた。横に控えたバトラカは日本刀を載せた木製の盆を持っている。

ベキは刀を手に取った。

殺気を感じ、振り返ろうとしたときにはギリアムの首は地面に落ちていた。

「！……」

幹部たちは血に濡れた刀を持つベキを畏怖の眼差しで見つめる。重い静寂を破り、ベキが口を開いた。

「我々の資金がなんのために世界から集められているのか、どうして理解できない……私腹を肥やすなど言語道断だ！」

「……」

「君たちを信頼していいんだな？」

恐怖のあまり、幹部たちは言葉を返すことができない。

何事もなかったかのように席に戻ると、ベキはふたたび資料に目を通しはじめる。

「ロシア、ダルバンは計画どおり進んでいるか？」

「はい」とバトラカが答える。「四日後、予定どおり実行いたします」

ベキは鷹揚（おうよう）にうなずいた。

日が昇ったばかりの朝の砂漠に一台の車が停まっている。その脇に立つ乃木憂助に、色濃く疲労の残る顔を向け、アリが訊ねた。

「なあ、どうして山本は殺して俺は生かすんだ?」

「あなたは自分の組織のために働いた。だが、山本は日本人であるにもかかわらず、我が国を裏切り、多くの国民の命を危険にさらそうとした。それは死に値します」

その揺らぎのない口調に、非常に強い意志を感じる。それはどこかノゴーン・ベキを彷彿させるものがあった。

いや、ベキの息子だと知ったから、そう思ってしまうのかもしれない……。

そんなことをアリが考えていると、道の向こうに一台の車が見えてきた。ゆっくりとこちらに近づいてくる。

車を眺めながら乃木が言った。

「ご家族です」

一瞬、アリの胸に喜びが広がるが、すぐにそれは消えた。

「……組織がどんなに恐ろしいか、あんたらはわかってない。裏切り者はどんな場所に隠れても、必ず見つけ出され殺される。容赦なくな」

乃木は用意していた大判の封筒をアリに渡す。中には当座の資金と偽造した家族全員分の身分証明書が入っている。

「ご家族分の新しいパスポートとチケットです。このままあの車でロシアに渡り、イルクーツクからバンコク経由でベネズエラへ。カラカスのクアイドという男を訪ねてください。力になってくれます。電話番号はこの携帯に」

差し出されたスマホを、アリは信じられない思いで受け取る。

もしかしたら、助かるかもしれない……。

アリの胸にふたたび希望の光が射してきた。

到着した車に駆け寄ると、ふたりの娘が飛び出してきた。アリはふたりをきつく抱きしめる。妻と母親も車から降り、再会を喜び合う。

運転席から降りた黒須駿(くろすしゅん)は乃木のもとへ向かう。乃木が黒須からの報告を聞いていると、アリがやって来た。

「ありがとう」

「お元気で」

アリはまだ何か言いたげに口を開いたが、すぐに閉じてしまった。

「何か？」

しばし思案したあと、アリは小さな紙片を乃木に渡した。見ると正方形を描くように数字が羅列されている。

「その数字が有効なのは、世界標準時刻で金曜日。土曜になったら無効になる」

「これは？」

「俺からの礼だ」

そう言って、アリは家族が待つ車の運転席へと乗り込んだ。

怪訝(けげん)そうにメモを眺める乃木に、「なんですかね」と黒須が訊ねる。

「『テント』の何かにつながる番号かもしれない。有効期限は残り五日」

「日本時間で十八日土曜日の朝九時……」

黒須はすばやく計算し、言った。「あと百二十時間」

去っていくアリの車を見送りながら、乃木が黒須に指示する。

「至急、司令に報告。本部で調べてもらってくれ」

「はい」

※

バルカでの目的を果たした乃木は、すぐにサウジアラビアに戻った。リヤド市内のホテルの部屋で両親の古い写真を握りしめながら、乃木は自分の内側からあふれ出そうになる衝動と闘っていた。

「……怖い」

ポロッと本音がこぼれたとき、Fが現れた。

『はあ？』

「怖いよ」

『……そりゃそうだ。「テント」の指導者が親父だったんだからな』

顔を上げ、「違う違う」と乃木は首を横に振った。

「君は本当の僕をわかってない……」

『なに言ってんだ？　お前は俺、俺はお前だろ』

ふたたびうつむいてしまった乃木に、『ったく』とFは舌打ちした。『長い付き合いだけど……正直、これに関してはお前の考えていることがイマイチわかんねえ』

「……」

『違うって、何が違うんだ？』

「人身売買で奴隷にされて虐待されて、記憶もなくなり、運よく飯田さんに日本に連れてきてもらって、施設に入れたけど……虐（いじ）められて――」

『なんだよ、昔話かよ』

話の腰を折られ、乃木はFをにらむ。

『ごめん。続き、どうぞ』

「もう消えてしまおうかと思ったとき、君が来た」

『ああ』

乃木は初めてFが現れたときのことを思い出す。


養護施設「丹後つばさ園」で暮らしはじめてからも、つらい日々は終わらなかった。

いや、バルカの貧民窟という過酷な世界から日本という平和な国へと自分の暮らす環境が変わったことで、より精神的には追いつめられていったのかもしれない。

クラスのみんなは幸せそうなのに、どうして自分はひとりぼっちなのだろう……。

そんなことを考えると無性に悲しくなってしまうのだ。

生まれてからずっとひとりきりで、いいことなんか何もない。こんなつらい日々がこの先もずっと続いていくのなら、もう生きてなんていたくない。

そんなことまで思うようになった。

その夜も眠れずに布団から抜け出し、誰もいない物置部屋で泣いていた。そのときだった。ふいに背後から声がしたのだ。

『寂しいんだろ』

振り向くと、自分と同じ顔をした少年が立っていた。ポカンと見上げる乃木に、Ｆは言った。

『俺がお前のそばにいてやるよ』

「！」

『だから変なことは考えるな。生きるんだよ。俺は……お前と生きたい』

この子が、僕と一緒に生きてくれる……？　それは不思議な感覚だった。

『だけど、お前はもっと強くならないとな』

「強くって……どうすればいいの？」

Ｆはニヤリと笑った。

『アメリカに行こう』

突拍子もないことを言われ、乃木は戸惑う。

『向こうにはミリタリースクールってのがあって、本物の銃を使った訓練とか格闘技や戦術を教えてくれるんだ。そこに入ればメチャクチャ強くなれるぞ』

「無理だよ、そんなの。お金だってないし……」

『奨学金とかいうやつをもらえばいいだろう。そのためにはすごーく頑張って勉強しなきゃならないけどな。ま、そっちはお前に任せるわ』

「え……？」

　Fが告げた未来を想像し、乃木は思わず微笑んでいた。

『お前が本当に奨学金もらって入学するとはねえ』とFが感慨深げにつぶやく。乃木の昔語りはFにとっても懐かしいものだった。

『それで？』とFがうながすと、乃木が言った。

「そのあとも……話して」

『俺が？』

　うなずく乃木にため息をつき、Fが話しはじめる。

『その後、ミリタリースクールを全科目トップの成績で卒業。一時帰国したときにテレビで家紋を見て、島根に行って、乃木憂助に戻った』

　乃木は黙って先をうながす。

『そんで、そのままコロンビア大学に入学して……そうそうそう！　二〇〇一年九月十一日、俺らの人生を変える出来事が起きた』

乃木は強くうなずいた。

9・11同時多発テロ事件。世界貿易センターが倒壊する様子を、乃木は画面越しではなく、直接その目で見たのだ。

『あの匂い、あの埃。今でも覚えてるよ。今までの世界はもう終わった。これから世界はテロが渦巻く時代に入っていく。そう確信した』

「……」

『それから、母国日本をテロから守るために自衛隊に入隊。すぐさま「別班」に――』

「違う」と乃木がさえぎった。「違う、違う！」

乃木は突然、声を荒らげた。「だから君はわかってないんだ！」

苛立ったようにFをにらむ。

『はー？』

「あのとき、みんな大学を休学して、軍隊に入った」

『そりゃ、国を守るためにな』

「そうじゃない……サムは言ったんだ。国より、愛する家族を守るためだって」

『……』

「愛する家族のために戦う？　そもそも愛するってなんなのか、どういう感情なのか、全くわからなかった！」

『……当然だ。家族がいないんだからな』

「でも知りたかった」

『そんな理由で自衛隊に？』

　Fは驚いた。コイツのことはなんでもわかっていると思っていたが、まさかそんな屈折した思いを抱いていたとは……。

「なぜか無性に、うらやましかったんだ。あのときの真っすぐなサムの眼差しが。僕には愛する家族はいないから、日本を家族だと思って戦おう。そうすれば何かわかるかもしれないって……あのときのサムのようになれるかもしれないって」

『そんでわかったのか？』

　口を閉じ、黙ってしまった乃木にFはため息をつく。

『お前が自衛隊に入った理由はわかった。でもよ、それで何が怖いんだよ』

　Fをじっと見つめ、そして乃木は重い口を開いた。

「……会ってみたい。話をしてみたい」

『まさか、ベキにか？』

　乃木はうなずいた。

『駄目だ。やめとけ！　親父っていっても……悪魔みたいな奴だぞ』

「だから怖いんだよ！　そんな人でも僕の父親だ。どうしても会ってみたい。その欲求を抑えられないんだ」

『……』

「どんなに殺戮を繰り返す世界のお尋ね者でも、本当の息子だとわかれば愛情を注いでくれるかもしれない！　愛をくれるかもしれないだろ！」

『バカか！』と、今度はFが声を荒らげた。『お前はあいつを殺すんだ！　始末するんだよ。そうしないと日本はどうなる？』

小さく首を振って、乃木はベッドに腰を下ろした。

『……じゃあ、お前にとってあの女はなんなんだよ？』

その問いかけに、乃木は目を見開いた。

乃木の隣に座り、Fは続ける。『砂漠のどこにいるかもわかんないのに命懸けで捜しにいくか？　ジャミーンもそうだ。あんな大金、自腹でポンと出しやがって』

「……」

『俺だって、愛とかなんだとかよくわかんねえけど、お前はあのふたりを守りたいと思っている。それが愛ってもんじゃないのか？』

「あれが……」

『そうなんじゃないの？』

困惑する乃木にFは言った。

『ベキに会うのはいい』

え……と乃木は顔を上げる。

『でも、そのときは親父を殺すときだ』

※

貸し切りにしたもんじゃ焼き屋の店内で、野崎守が公安部長の佐野雄太郎と鉄板をはさんで座っている。自爆テロを阻止する乃木の射撃シーンをタブレットで繰り返しスロー再生しながら、佐野が言った。

「ミリタリースクール首席だけのことはあるな。何回見ても惚れ惚れする。見事だ」

「ええ」

「乃木が『別班員』ということはここだけの話にしておこう。国防の最先端を担う彼ら、そのたったひとりでも明るみに出れば、国に不利益が生ずる」

「同感です」

口数少なく応じる野崎の顔を見て、「まだ何かありそうだな」と佐野がうながす。

「はい。もう一つ大きな問題が……」

野崎は二枚の写真を取り出し、佐野に見せた。乃木の実家の家紋と『テント』のテロ現場に残されたマークの写真だ。

「！」

「野崎さんが島根の実家に？」

ホテルの部屋で乃木が司令と通信している。パソコン画面に映った櫻井里美（さくらいさとみ）が「ええ」と乃木にうなずく。「理由はわかりますか？」

「はい。戻り次第報告いたします」

「わかりました」

「司令、おそらく野崎さんは私が『別班』だと気づいたと思われます。帰国後は徹底的にマークされるかと」

「そうですか。やり手ですね、野崎さんは」

「……はい」

「ところで、例の数字ですが……サイバー担当が解析していますが、難航しています。アリはほかに何か言ってませんでしたか？」

「報告したこと以外は……以前、押収したアリの携帯からは？」と乃木が訊ね返す。

「調べさせましたが、そこからは何も」

「そうですか」

「タイムリミットまであと四日しかありません。何か思いついたらすぐに報告を」

「了解しました」

櫻井が通信を切り、画面から消えた。

野崎が切り出した突拍子もない話に、佐野は驚きを隠せない。

「乃木の親父が『テント』の指導者とは……」

「はい」とうなずき、野崎は続ける。「その父親は、かつて警視庁にいました」

「警視庁……」

「データ上では、所属は第三機動隊」

野崎は用意していた乃木の父親に関する資料を渡す。佐野は資料にじっくりと目を通していく。

「乃木卓(のぎすぐる)……」

「警察を突然退職したのち、農業使節団としてバルカに渡り、一九八四年に内乱に巻き込まれて死亡したと。しかし、何か臭うんですよね……」

「写真はあるか⁉」

何かを感じたのか、勢い込んで佐野が訊ねる。

「はい」と野崎は警視庁のデータに残っていた乃木卓の写真を取り出す。写真を見た佐野は急に席を立った。

「戻るぞ」

佐野のその反応に、野崎は思わず笑みを浮かべた。


公安部の部長室に戻るや佐野はパソコンで何かを調べはじめた。脇に控えた野崎がその様子を見守っている。

「……やはりな」と画面に向かってうなずき、「これはレベル4以上でないと開けないファイルだが」とパソコン画面を野崎のほうに向ける。

「お前の大先輩だ」

画面に表示されていたのは乃木卓の公安部在籍記録だった。その所属部署に野崎は思わず声を漏らした。

「公安、外事！」

「昔、一度だけ会ったことがあるような気がしたんだ……警官としてはかなりの腕前だったはずだ」

野崎は考えを整理するようにつぶやく。

「……公安の記録が抹消され、表向きは機動隊を退職したことに。その裏には……」

「農業使節団の一員になりすまし、極秘に潜入捜査をしていたんだろう」と佐野があとを引き取った。「よくある話だ」

「元公安であれば、テロや軍事の知識も豊富。乃木卓が『テント』の首謀者でも不思議はありませんね」

佐野は複雑な顔でうなずいた。

「乃木憂助は必ず父を追いつづける。乃木の先には必ず『テント』がいます」

「……むやみに『テント』を捜すより、そちらのほうが事は早いということか」

「ええ」

野崎は佐野に向かって微笑んだ。

「最後の最後に手柄を挙げるのは……我々、公安です」

※

空港の到着ロビー。物陰に身を潜めた新庄浩太郎が、サウジアラビアから帰国した乃木が出てくるのを待っている。

視線の先に乃木が現れたとき、ロビーの大型モニターで臨時ニュースが流れはじめた。乃木がモニターに目をやり、新庄も視線を移す。

『ダルバン共和国ミソコ地区にて大規模な爆発が発生しました。これまでに少なくとも七人が死亡。怪我人は二十七人以上にのぼる見込みです。繰り返します――』

画面が切り替わり、破壊されたビルが黒煙を上げ、パニック状態で逃げまどう人々の様子を撮影したスマホ映像が映し出される。

ガラスの破片で傷つき、血を流しながら朦朧と歩いている若い女性の姿を見つめる乃木の目に、強い怒りの色が宿っていく。

同じ映像を外事第四課で野崎が見ている。と、急ぎ足で佐野が入ってきた。真っすぐ野崎のデスクに向かい、告げる。

「『テント』の仕業だ」

「！」

「ＣＩＡとモサドからだ。今、来た」とモバイルパソコンを開く。モニターで再生された爆発現場の映像、破壊されたビルの一部に『テント』のマークがはっきりと映っている。

野崎を連れて部長室へと戻り、佐野は言った。

「しかし『テント』の奴ら、ちょっとペースが速くなってきてないか？」

「何かに急かされているような感じですね」と野崎が返す。

「これも急かされて決まったような話だが」と佐野はデスクの上にある裁判所から届いた書類を取り、野崎に見せる。「太田梨歩の保釈請求が通った」

「太田⁉」

野崎は書類を一瞥し、思わず声をあげた。「保釈金一億⁉」

「何百億も動かした凄腕ハッカーだからな。まだ隠し持ってると踏んで裁判所が判断したんだろうが」

野崎の刑事の勘が、この保釈には裏があると告げる。

「……ちょうど今、乃木が帰国しました。何かが動くような気がします」

「『別班』が太田を買ったのか……？」

弁護士の泉田に連れられ、太田梨歩はとあるアパートの一室に足を踏み入れた。真新しい家具や家電が置かれた室内を見回しながら太田が訊ねる。

「この家も保釈金も弁護士のあなたも……もしかして長野専務が？」

「私はお答えできません。詳しくは……」と泉田は廊下の奥へと目をやる。誰かがこちらへとやって来る。背の高い三十代前半の男だ。かなりの男前だが、顔全体の優しい雰囲気に反し、その目には修羅場をかいくぐってきたような凄みがあった。

黒須である。

その男を見た瞬間、太田は察した。どうやら自分は不倫相手の温情で釈放されたわけではないようだ。

同じ頃、野崎と佐野はサイバー犯罪対策課にいた。

「これがついさっき」と東条翔太が用意した映像をモニターに再生させる。あるアパートの入口前に設置された防犯カメラ映像だ。太田が弁護士らしき男と一緒に建物へ入っていく姿が映っている。

「それで昨日が、冷蔵庫、テーブル、電子レンジ、洗濯機、その他もろもろ」

「普通だな」

「でしょ」と佐野に返し、「でもね、一昨日(おととい)のを見てよ」と東条が新たな映像を再生する。トラックから大量の段ボール箱が建物の中へと運ばれていく。トラックの側面には『HASHIZUME CUSTOMIZE』と記されている。引っ越し業者でも宅配業者でもないようだ。

「橋爪(はしづめ)カスタマイズ？」

野崎に訊かれ、東条が言った。

「俺らの間じゃ有名な、最強マシーンを作ってくれる専門店だ」

野崎と佐野は顔を見合わせた。

黒須に太田を引き渡すと泉田は出ていった。黒須は太田をうながし、リビングの奥へと進む。大きな棚の横にあるスライドドアを開けると、最新のマシーンや複数のモニターなど、パソコン関連の機器で壁一面が覆われた部屋が現れた。

太田は顔色を変え、訊ねた。

「また私に犯罪をしろと？」

「犯罪じゃない。国防だ」

「国防?」

「今度は君の類いまれな力を、国を救うために使うんだ」

「私が日本を救う?」

「ああ、そうだ」

太田は疑わしげな目を向け、訊ねた。

「あなたは何者なんですか?」

「知らないほうがいい」

部長室に戻り、佐野は言った。

「今は動かないほうがいいな」

野崎も同意見だった。うなずき、自分のプランを話す。

「太田の仮家二〇七号室に乃木が行くか、もしくは誰かが入る、誰かが出てくる……何か動きがあったときです。その潮時を見逃さず突入。『別班』がブルーウォーカーまで用意して得た『テント』の情報をすべていただく」

「令状を準備しておく。乃木は?」

「日本医療センターです」

帰国したその足で乃木はジャミーンの入院する病院に向かった。手術前にどうしても顔を見ておきたかったのだ。

病室では柚木薫がジャミーンに優しく声をかけていた。

「大丈夫だよ。ほんの少し目を閉じて眠っている間に全部終わってるから」

しかし、ジャミーンの顔から不安の色は消えなかった。それはそうだろう。ただひとりの家族だった父親を亡くしたばかりなのに、故郷から遠く離れた異国で命を懸けた手術を受けなければならないのだから。

「うまくいくおまじないをしてあげる。手を上げて」

「？」

ジャミーンが両手を上げた瞬間、薫はその脇をくすぐった。ジャミーンは身をよじらせて笑い声をあげる。

その様子を廊下から、乃木が愛おしげに見つめている。

いつの間にか背後に立ったドラムが乃木の耳に息を吹きかけた。

「うわっ」

戸口のほうから聞えてきた声に、薫とジャミーンが振り向く。ジャミーンの顔にぱあっと笑みが広がった。薫もうれしそうに微笑んでいる。

なんだか照れてしまい突っ立ったままの乃木の手からスーツケースを奪い、ドラムが病室へと入っていく。慌てて乃木はあとに続いた。

「来てくれたんですか、忙しいのに」

「もちろんです」と乃木は薫にうなずいた。「成田から直接。間に合ってよかった」

喜びにあふれた薫の顔を見ていられず、乃木はジャミーンへと視線を移す。

「どう？　調子は」

ふたたび不安が頭をもたげたのか、ジャミーンはうつむいてしまう。そんなジャミーンの手を握り、乃木は言った。

「大丈夫だよ。薫先生が守ってくれる」

ジャミーンはしっかりとうなずいた。

薫が乃木の優しい笑顔を見つめていると、ストレッチャーを押しながら看護師の三井(みつい)が病室に入ってきた。

「柚木先生、そろそろ」

医師の顔に戻り、薫がうなずく。

「はい」

※

黒須は太田に、あるテロ組織を追っていることだけを伝えた。部屋の中央に備えつけられたモニターに中央アジアの地図を表示し、具体的な指示を始める。

「その組織は独自の通信網を持っているらしく、これまでどこの国の諜報機関もその実態をつかむことができなかった。だが、情報提供者から組織のアジトはロシア国境から車で一日から四日の、この範囲を移動しているという証言を得た。我々はこの上空にある三百近い衛星を調べ、一つの静止衛星を突き止めた」

アリから入手した正方形に数字が書かれたメモを、黒須は太田に渡す。

「おそらくこれがその静止衛星にアクセスする通信暗号キーだ。スーパーコンピューターでさまざまな角度から計算を行ったが、いまだ暗号を解くまでに至っていない」

「そのスーパーコンピューターの性能ってどれくらいですか？」

「富岳(ふがく)級だ」

太田は即答した。「じゃあ、無理」

「え？」

数字のメモを離したり近づけたりしながら、太田が言った。

「その情報提供者のスマホは？」

「すぐデータを送らせる」

「いえ。現物を」


手術室前のベンチに乃木とドラムが座っている。手術中のランプが灯ってからすでに二時間以上経過しているが、閉められた扉が開くことは一度もなかった。慌ただしい気配もないし、手術は順調ということだろう。

と、廊下の向こうから野崎がやって来た。乃木が小さく会釈する。

「遅くなった」

「いえ」

野崎はドラムへと視線を移し、訊ねた。「予定時間は？」

ドラムは左手を広げ、右手の人さし指を立てる。

「六時間か」

つぶやき、野崎は乃木の隣に座った。そっと乃木の様子をうかがう。人の好さそうな優男顔が心配そうに陰っている。

アパートに戻った黒須が、「現物だ」と太田にアリのスマホを差し出した。受け取るや、太田はインストールされているアプリを調べはじめる。すぐに特殊なカメラアプリが入っていることに気がついた。

起動するとカメラ画面に切り替わる。太田は手にした数字のメモにスマホをかざした。焦点が合うとメッセージアプリが現れた。

ビンゴ！

「そうか……これは数字ではなくＱＲコードのような役割をしてたのか」

つぶやく黒須に太田が微笑む。

「アプリに入れたってことは、過去のメッセージ見れるよな？」

アプリを操作し、太田が言った。

「このアプリ、過去のメッセージが残らない仕様になってます。見るためにはサーバーの場所がわからないと……」

「どうにかできないか？」

「考えます」

しばらくして、何かを思いついたのか太田はパソコンに向かうと、ものすごいスピードでキーボードを叩きはじめる。

　太田が考えたのは、ウイルスを仕込んだメッセージを送るというものだった。

「どういうことだ？」

「特殊なプログラムを仕込みます。送信するとデータが通ったルートが赤くなります」

とモニターに表示されている経路図を目で示す。

「最後にたどり着いたところにサーバーがあるということか」

「サーバーの位置さえわかれば、あとはハッキングしてサーバー内の情報をいただく」

「しかし、メッセージが問題だ」

「情報提供者はすでにメッセージを送れる立場にないと？」

「ああ」と黒須はうなずいた。「日本からの発信もバレたくない」

「わかりました」

　うなずき、太田は時刻を確認した。「あと九時間、ギリギリですがやってみます」

「頼む」


「遅いね。もう一時間もオーバーしてるよ。大丈夫かな、ジャミーン」

　ドラムのスマホがアニメ声で言ったとき、手術室の扉が開いた。乃木がベンチから腰を浮かせ、出てきた三井に訊ねる。

「あの、どうなったんですか？」

「手術は成功したんですが、心臓と肺にかなり負担がかかっていて……これからICUに移します」

「ジャミーンは……ジャミーンは助かるんですよね？」

「詳しいことは先生に」

頭を下げ、三井は足早に去っていく。ふたたび扉が開き、薫ら医師と看護師たちがジャミーンを乗せたストレッチャーを押しながら出てきた。

「薫さん……」

しかし、今にも泣きだしそうな薫の目を見て、乃木は言葉を呑み込んだ。薫は乃木たちには目もくれず、ジャミーンを見つめながらエレベーターへと乗り込んでいく。

休みなくキーボードを叩きつづける太田に、「なあ」と黒須が声をかけた。手にはリンゴを載せた皿を持っている。

「なんで親子ほど年の離れた長野専務と？」

「……」

「いざというとき、守ってもらうためか？」

「最初はそうだったんですけどね……」

デスクの脇に皿を置き、黒須は微笑む。

「いい人だったんだな」

リミットまでの残り時間を表示したタイマーは四時間十七分。リンゴを一切れかじり、太田はキーボードを打つ速度をさらに上げた。


野崎がコンビニで夜食を調達して病室に戻ると、乃木の姿はなかった。ドラムはベッドに大きなお守りを置いて、真剣な表情でお祈りをしている。

「乃木は？」

お祈りの最中なので、ドラムは答えない。

野崎は了解し、ベッド脇のイスに座った。

その頃、乃木はＩＣＵを訪れていた。三井から渡されたマスクを装着してから、中へと入っていく。

ベッドの脇に薫が立ち、ジャミーンに語りかけていた。

「ねえ、ジャミーン。元気になったら、一緒にいろんなところへ行こうね。外を駆け回ったり、海で泳いだり……美味しいもの食べて、たくさん笑って……きっと楽しいよ」

「……」

「だから、一緒に生きよう」

薫を見つめる乃木の脳裏に、ふいにおぼろげな母の笑顔が浮かんだ。その顔が薫へと重なっていく。

「……」

「乃木さん?」

我に返ると、薫が自分を見つめていた。

「手を握ってあげてください」

乃木はベッドに近づき、ジャミーンの手を握る。

「意識が戻り、この数値が90を超えればジャミーンは助かる」と薫はサチュレーションモニターを見ながら言った。数値は80台半ばを行ったり来たりしている。

「でも、今のままだと……」

「……」

「体力的にも今夜を乗り切れるかどうか」

乃木は祈るように、握ったジャミーンの手を自分の額にあてがう。そんな乃木の姿を、薫が見つめる。

レースのカーテン越しに朝陽が射し込み、部屋が明るくなりはじめた頃、キーボードを叩く太田の指が止まった。

「できた……」

ソファでまどろんでいた黒須が目を開けて立ち上がる。タイマーに視線を移すと、残り時間はあと二時間四十七分だった。

「今からウイルスを仕込んだ空メッセージを送信します。うまくいけば、空メッセージが来たことすら察知されません」

「……わかった」

「送ります」

太田がエンターキーを押す。複雑に入り組んだ経路図の線の一つが赤くなり、最初のポイントが点滅しはじめた。

思いつめた表情で優しくジャミーンの頬に触れている薫に、乃木が言った。

「……赤い洞窟を思い出しますね」

涙をこらえながら薫が小さくうなずく。

「この子は強い子だって薫さん言ってましたよね。僕もそう思います。この子は奇跡の子です。必ず目を覚まします」

「……でも、サチュレーションが徐々に下がってきてるんです。このままだと……」

「！」

「これ以上下がるようなら人工心肺を回します。もしそれでも駄目なら、この子はアディエルのもとに……」

薫は泣き崩れそうになりながら、すがるように乃木の手を握った。

そんなふたりの姿をガラス壁越しに野崎が見つめている。

タイムリミットまで一時間を切った。しかし、赤いポイントは全く動く気配がない。

「早く進めよ！」

苛立ったような声を出す黒須とは対照的に、太田は静かにモニターを見つめている。

ついにサチュレーションが80を切った。乃木の表情が変わるなか、薫は医師として冷静に決断する。

「人工心肺を用意してきます」

「……」

薫がＩＣＵを出ていき、ひとり残された乃木はただ祈ることしかできない。

しばらくして、人工心肺につなぐための医療器具の入った箱を手に薫が戻ってきた。

乃木は気づかず、ジャミーンの手の辺りをじっと見つめている。

どうしたのだろうと薫が乃木の視線を追う。ジャミーンの指がかすかに震えていた。

「ジャミーン！」

薫の声に応えるかのように、ジャミーンの指が大きくピクンと動いた。

「！」

薫はジャミーンの耳もとに顔を近づけ、必死に呼びかける。

「ジャミーン、わかる⁉　しっかりして！　起きるの、起きるのよ。起きて！」

「ジャミーン！」と乃木も叫ぶ。

ふたりの声が届いたのか、ジャミーンはゆっくりと目を開けた。

「ジャミーン！」

薫がサチュレーションモニターを確認すると数値が90に上がっている。ジャミーンの生命力が病に打ち勝ったのだ。

涙声で薫がジャミーンに言った。

「よく頑張ったわね。やっぱりあなたは強い子。偉いわ」

ＩＣＵの外では野崎がガッツポーズをしている。

薫に向かってかすかな笑みを浮かべ、ジャミーンはふたたび目を閉じた。

「ジャミーン⁉」

慌てる乃木に薫が言った。

「眠っただけ……もう大丈夫よ」

安堵し、乃木が薫に微笑む。

「私、本当は怖くて……もしかしたら、ジャミーンがこのままって……」

震えだした薫の手に乃木がそっと手を添える。

温もりを感じた途端、抗いがたい衝動に襲われた。

乃木はその手を引き寄せ、薫の小さな身体を強く抱きしめた。

「！」

一瞬驚くも、薫は乃木の腕に身をゆだねる。

残り時間、あと一分。黒須の苛立ちは最高潮に達している。

「さっきからそろそろって言ってっけど、もう一分切ったぞ」

「うるさい！」とモニターに目を向けたまま太田が一喝する。「ハッキングなんて最後は運。神様の気まぐれ」とデスクを叩いたとき、ポイントが動きだした。赤い線が一気に伸び、とある地点でふたたび点滅。

同時に太田の指がとてつもない速さで動きはじめる。が、すぐにタイマーの表示が00：00になった。その瞬間、画面の赤い線が一気に消える。

すべてが一瞬のうちに終わり、黒須は何がなんだかわからない。

「消えたぞ⁉　おい‼」

「ギリギリでコピーした……」と太田は大きく息を吐いた。

間に合ったのか……あれで？

伝説のハッカーの凄腕に、黒須はあらためて感心してしまう。

「神様、味方してくれたな」

うなずき、太田はかすかに微笑む。

黒須はすぐにスマホを取り出し、乃木にメールを打ちはじめた。

※

『太田梨歩、四時間仮眠後、ハッキング開始。完遂後報告』

自宅のリビングで黒須からのメールを見ているとチャイムが鳴った。インターホンのモニターに映っているのは、薫だった。

「！」

テーブルについた薫に抹茶を出し、乃木は対面に座った。

「あのー！」

前のめりになって、薫は切り出した。

「乃木さんは……私のことが好きなんですか？」

まさかのド直球な問いかけに、「え⁉」と乃木は焦る。

「いや……その……」

口ごもる乃木に薫は畳みかける。

「じゃあ、なんで寄付してくれたんですか？」

「それは……だから、ジャミーンを」

「じゃあなんで、抱きしめてくれたんですか？」

「……」

「乃木さんて、なに考えてるか全然わからない。はっきりしないし、すぐ誤魔化すし。でも、大事なときはいつもそばにいてくれる」

「……」

「どうしてくれるんですか？」

「え？」

そう言って、薫はじっと乃木を見つめる。

「乃木さんのこと、もっと知りたくなっちゃったじゃないですか」

「……」

乃木と目が合い、途端に恥ずかしくなった。

私、何やってるんだろう……。

「ごめんなさい。帰ります」

立ち上がろうとした薫の手に、乃木が引き留めるように自分の手を置いた。

一心不乱にキーボードを叩いていた太田の指が止まった。

「入った」

食い入るように黒須がモニターを見つめる。

「取り込みます」

自分の仕事は終わったと太田はパソコン前を離れた。代わって黒須がデスクにつく。

モニター画面が切り替わり、データを取り込んでいく様子を映し出していく。バーが満たされた瞬間、画面はブラックアウトした。

黒須はもう一度開こうとするが、現れたのはパスワードを要求するボックスだった。

「パスワード？」

と、背後から笑い声が聞こえてきた。

「……フフ、フフフ……アッハッハッハ！」

黒須が振り返ると、果物ナイフを手にした太田が大口を開けて笑っている。笑いながら、太田はナイフを自分の首に当てた。

乃木家のリビングでは、薫と乃木が向き合い、話をしている。薫に訊ねられるまま、乃木は自分のことを素直に語っていた。

「じゃあ、ずっとひとりで？」

「はい。両親がいなかったものですから、頼れるものは自分だけだったというか……」

「自分だけ……」

　つぶやき、薫は思い詰めたように乃木を見つめる。

「?」

「……今度はそこに私も入れてもらえませんか?」

「え?」

「乃木さんにはずーっと助けてもらってばっかりで、私も何かお礼をしたいなと思っていて。でも乃木さん、私には何も言ってくれないし」

　すねるような薫の物言いに、乃木の顔が自然にゆるむ。

「……それならもう十分というか」

「?」

「僕は、あなたとジャミーンが一緒にいる姿を見るだけで、すごく温かい気持ちになれるんです。薫さんを見ていると、母を思い出すんです」

「え?　でも、記憶はないって……」

「うっすらとですが浮かぶんです。母に抱かれた僕を見て、父が笑っている――そんな光景が……」

「……」

「僕はあなたから、人を愛することの美しさを教えてもらいました。この世界には、こんなに素晴らしいものがあるんだって……ただそれを守りたいって、心から思えたんです。でも、すみません。突然、女性にあんなこと——」

「それって、やっぱり」と乃木の謝罪を薫がさえぎった。「私のことが好きってことですよね？」

「！」

ちゃんと答えて！

強い瞳でそう訴えかけられ、乃木は覚悟を決めた。

「……はい。好き、です」

頬が桜色に染まり、少女のように薫は微笑む。

その笑顔に乃木は胸をトンと突かれた。今まで感じたことがないような幸せな気持ちに包まれる。

しかし、その時間は長くは続かなかった。テーブルの上のスマホがメッセージの着信を告げ、『至急』の二文字が幸福な時間を終わらせた。

自宅を出た乃木を尾行しながら、新庄は野崎に報告を入れる。

「柚木薫が出て、三分後。乃木も出ていきました。方向は病院ではありません」

「……動きだしたか」

人混みにまぎれながら尾行していると、ふいに乃木が踵を返し、こっちに向かって歩いてきた。新庄は慌てて背を向け、やり過ごす。

振り返ったときには、乃木の姿は雑踏に消えていた。

乃木を見失ったという報告を受け、野崎は太田梨歩の家に向かうよう指示した。

「乃木は必ずそこにやって来る」

「はい」

新庄との通信を終えると、太田宅を張っている別の課員に無線で告げる。

「鈴木。乃木は宅配、ピザ配達、どんな変装をしてくるかわからない。アパートに来た奴はすべてマークしろ。裏口もだ」

「了解」

指示を終え、野崎は外事第四課で一緒に待機していた佐野に言った。

「今が潮時です」

「行こう！」

覆面パトカーで太田のアパートに向かっていると鈴木祥から連絡が入った。

「乃木が現れました。紙袋を手に持ち、スーツ姿で太田の部屋に向かっていきます！」

「変装もしないでだと……」

佐野が怪訝そうにつぶやき、野崎が鈴木に注意をうながす。

「何かあるぞ」

「俺らが到着するまで待機だ！」と佐野が続ける。

乃木、一体何を考えていやがる……!?

黒須に迎えられリビングに入ると、乃木の目に太田の姿が飛び込んできた。ナイフを自分の首に当てながら、つぶやく。

「やっぱり……」

「……」

「山本と親友だったもんね」

乃木は黙って太田を見据える。太田は黒須へと視線を移し、毒づいた。

「何が国防よ。わかってるのよ。どうせデータを渡したら、さんざん犯して、殺すんでしょ。山本が私にやったように。だったら、その前に死んでやる」

太田はナイフの刃を頸動脈に移動させる。

「私が死ねばデータは絶対開けない。仕込んだパスワードは富岳でもそう簡単には解けないわよ」

ふたりが動けずにいると、太田が叫んだ。

「証明して！　あんたらが山本の仲間じゃないって。本当に国防のためにやってるって！　さあ、早く！　言わなきゃ死ぬわよ」

ナイフの切っ先が震えだしたのを見て、乃木が動いた。目にも止まらぬ速さで太田の手をつかみ、ナイフを首から遠ざける。

「！」

黒須を振り向き、言った。「映像を出せ」

「いいんですか？」

乃木がうなずき、黒須は自分のモバイルパソコンを開いた。操作し、太田に画面を向ける。再生された動画に太田は目を見張った。

それは山本巧（やまもとたくみ）が乃木に処刑される様子を撮影したものだった。

首をくくられた山本が橋から落とされるのを見た太田がボソッとつぶやく。

「ざまあみろ……」

　こわばっていた太田の身体から力が抜けていく。乃木は太田の手からナイフを取った。

「乃木さん、訓練したんでしょ。見せてよ」

「黒須」

「はい」

　太田はデスクに載っていたバナナを壁に向かって放った。黒須は乃木の手からすばやくナイフを取ると、放物線を描くバナナに投げつけた。ナイフの刺さったバナナが壁に突き刺さる。

　すごい……。

　にっこりと微笑み、太田はふたたびパソコンに向かった。ウインドウに複雑なパスワードを打ち込んでいく。


　太田のアパート前に到着した新庄が野崎に連絡を入れる。

「アパートに現着。確保しますか」

「新庄、乃木は鋭い奴だ。変装もせずに現れたなら何かあるはずだ。俺が行くまで待て」

「入ってからもう十五分経ってるんですよ！　この間にデータを隠蔽されたら？」

「……」

「これは『テント』の情報を得られる千載一遇のチャンスかもしれないんですよ」

「……たしかに千載一遇かもな」と佐野が横から口を出してきた。「たとえ奴が策を用意していたとしても」

少し考え、野崎はゴーサインを出した。


「サーバーに残っていた記録すべてです」

太田が解析したデータを乃木と黒須が食い入るように見つめる。そのとき、チャイムが鳴った。インターホンのモニターを確認すると新庄の姿が映っている。

「公安だ」

乃木の言葉に黒須が舌打ち。チャイムはさらに鳴りつづける。

「警視庁です。太田梨歩さん、開けてください」

乃木にうながされ、太田が玄関へと向かう。おそるおそるドアを開けた。

「……なんですか?」

新庄は令状をかかげ、言った。

「不正アクセス行為の疑いがかかっています。中を調べさせてもらいます」

「待ってください。そんなこと急に言われても」

「失礼します」

新庄は力ずくで太田を押しのけ、中へと入る。鈴木らほかの捜査員もあとに続いた。

「ちょっと！　待ってください」と太田が新庄を追いかける。

新庄は無視して廊下を進み、リビングのドアを開けた。

キョトンとした顔で乃木が突っ立っていた。室内を見回すが、いかにも女性のひとり暮らしといった質素な内装で、ノートパソコンすらなかった。

戸惑う新庄に乃木が訊ねる。

「新庄さん、どうしてここに？」

「……乃木さんこそ、何を？」

「僕はただ、同僚のお見舞いに」

テーブルには手土産のクッキー缶が置かれていた。

「何かお探しですか？」

別の部屋を探していた鈴木がリビングに入ってきた。

「ほかの部屋も」と新庄に耳打ちし、首を横に振る。

「……」

車を降りてきた野崎と佐野に、新庄は深く腰を折った。

「……すみません」

「気にするな。誰が行こうが結果は同じだ」

野崎は目の前のアパートを見上げ、つぶやく。

「ここに大量の最新機器が搬入されたのは間違い――」

何かに気づき、野崎は鈴木に訊ねた。

「太田は部屋から出たか？」

「我々が監視してからは一度も」

「やられたな」

野崎はふたたびアパートに鋭い視線を這わせた。

「奴ら、おそらく左右どちらかの隣室に機器を入れ、壁に穴でも開けて移動していたんだろう。二〇七号室はダミーだ」

「すぐに踏み込みます」

はやる新庄を、「待て！」と野崎が制する。「令状なしでどうやって踏み込むんだ？」

「じゃあすぐにでも」

「令状を取り直している間にデータは消される。引き揚げるぞ」

佐野と一緒に車に戻り、野崎は言った。

「逆の立場なら、『別班』は令状のことなんか考えもしないで踏み込むんでしょうね」

「これが国家公認の諜報部隊と裏の諜報部隊の差ということだよ。出せ」

車が発進し、アパート前を去っていく。

※

まんまと公安を出し抜き、乃木と黒須は太田がハッキングしたメールデータの読み解きを再開した。

モンゴル語のメールをスクロールしながら見ていく。

「ストップ」と乃木が声を発し、黒須が指を止めた。

「どうしたんですか？」と太田が訊ねる。

「ここ」

乃木が指さす箇所を見て、「あ」と黒須も気がついた。

「文字は同じだが、ここだけロシア語だ」

その部分にカーソルを合わせると矢印が指の形に変わった。

「開いてくれ」

クリックするとロシア語の文章が現れた。目を通し、乃木と黒須は息を呑む。

「これ……」

翌朝。乃木を監視している新庄が野崎に報告を入れている。

「経済産業省？」

「はい。資源エネルギー庁の入札に丸菱商事として参加するようです。会場内には関係者以外入ることができません」

「丸菱の通常業務だ。いずれ出てくる。三島(みしま)を送るからこっち戻ってこい。会議やるぞ」

「了解」

会議室に並んだテーブルにはそれぞれの企業の代表が開札結果を待っている。その中に乃木の姿もある。

進行役の経済産業省の高田明敏が淡々と入札結果を読みあげていく。

「……以上、A地区の最も安い入札金額は丸菱商事さんの七億一千六〇〇万円でした。当方で作成したA地区の予定価格の範囲内でしたので落札とさせていただきます」

乃木が席を立ち、「ありがとうございました」と頭を下げる。

高田は次の入札案件へと移る。

「……B地区の最も安い入札金額はJKT資源開発さんの四億一千二〇〇万円でした。こちらもB地区の予定価格の範囲内でしたので落札とさせていただきます」

しかし、誰も席を立たない。

「JKT資源開発さん、いらっしゃいませんか?」

勢いよくドアが開き、「すみません」と黒須が入ってきた。「トイレに行ってたもので」とバタバタと前に進みながら、高田に頭を下げる。

横を通ったが、もちろん乃木は目を合わせない。

最後の開札結果を発表し終え、「以上になります」と高田は会を締めた。「受注された企業の皆様は、このまましばらくお待ちください」

落選した企業の人間が退出し、乃木、黒須を含めた五社の代表が会議室に残った。

静寂が会議室を包み、空気が一変した。六人は微動だにしない。

高田が後方の扉の鍵を閉め、振り返った。

「準備」

一斉に五人は立ち上がり、部屋の中央に集まる。

気をつけの姿勢をとったとき、前方の扉が開いた。

入ってきたのは、櫻井だった。

高田が合流し、櫻井は六人の前に立った。

「敬礼！」

六人はわずかに頭を下げる陸軍式の挨拶で櫻井に応える。

「今回の任務にあなた方六名に集まってもらったのは、ほかでもなく国家の危機を未然に防ぐためです」

櫻井の言葉に、『別班』の精鋭たちは気を引き締める。

7

六人を着席させ、櫻井はあらためて一同を見回した。

「乃木さん、黒須さん、高田さんはＥ１３２計画で一緒だったわね」

三人は同時にうなずいた。

「あとの三人は初めてね。自己紹介を。廣瀬さん」

六人の中では唯一の女性が立ち上がった。黒須と同世代。長身のすらっとした女性だ。

「廣瀬瑞稀（ひろせみずき）。ＥＵ各国に医療系システム機器を販売するレイシルに勤務。システムエンジニアです」

続いて隣の五十絡みの男性が立ち上がる。筋骨隆々、いかにも武闘派といった面構え。

「和田貢（わだみつぐ）。アイチ自動車ロシア支社勤務。現地企業と電気自動車の共同開発に従事しています。営業職です」

次に立ち上がったのは六人の中では一番若い、二十代半ばの青年だ。

「熊谷一輝（くまがいかずてる）。万俵製作所勤務。航空機メーカーに電子機器部品を供給しています。エンジニアです」

続いて、さっきまで進行役を務めていた高田が立ち上がった。六人の中では最年長。落ち着いた口調で話しはじめる。

「高田明敏。経産省、資源エネルギー庁に勤務。官僚です」

高田が着席し、黒須が席を立つ。

「黒須駿。ＪＫＴ資源開発勤務。地下資源などの探査、掘削の研究開発をしています。エンジニアです」

最後に乃木が立ち上がった。

「乃木憂助。丸菱商事で中央アジアのエネルギーインフラ開発事業を担当しています。営業職です」

自己紹介が終わり、櫻井がおもむろに話しはじめる。

「中央アジアを拠点に世界各地でテロ活動を行ってきた『テント』が、日本を最終標的としていることが判明しました」

乃木と黒須以外の四人が驚きの表情になる。

「しかし、残念ながら詳細な内容はいまだ不明です」

櫻井は乃木を指名し、これまでの経緯を説明させる。

自白剤を使用して得た山本の証言に続いて、乃木はアリの自白映像をプロジェクターで再生させる。画面の中ではアリが、最終標的は日本らしいが具体的なことは何も知らないと泣き叫ぶように話している。

「これは家族の命を懸けた自白でした。信憑性はかなり高いと思われます」

乃木の話を踏まえ、櫻井が言った。

「そのアリの証言で『テント』の首謀者が判明。首謀者はノゴーン・ベキ。元日本人。本名は乃木卓」

「乃木……」と熊谷がつぶやく。

すぐに乃木が言った。

「私の父親です」

班員たちの目が一斉に乃木に集まる。黒須は唖然と乃木を見つめる。

「父親って……！」

「黒須、司令へ一番に報告するべきと考え、モンゴルでは伝えられなかった。すまない」

「いえ……」

乃木はプロジェクターで両親の若き日の写真を映し出した。

「これは私の父と母の結婚当時の写真です。そこから現在の年齢を想定した父に、アリの協力を得て作成した現在のノゴーン・ベキです」

父親の顔に六十代相応のしわが刻まれ、そこに髭が加えられる。

和田が立ち上がり、櫻井に質問の許可を取る。櫻井がうながし、和田は乃木に訊ねた。

「乃木さんはノゴーン・ベキが父親ではないかと『別班』の情報部より前に気づかれたということですか?」

「はい」

「そのきっかけは?」

「三年前、『別班』の極秘情報共有ファイルで初めて『テント』の存在を知らされたときのことです――」

――『テント』のテロ活動記録を収めた写真のなかに見覚えのあるマークが出てきたのだ。乃木はすぐに大切にしまっていた守刀を取り出し、その鞘に記された家紋と見比べた。円の中に入った切れ目のある六角形の家紋は『テント』のロゴマークとそっくりだった。

「さらに」と乃木は説明を続ける。「その活動拠点は父が亡くなったといわれているバルカであり、『テント』とJAPANの関係がモサドから伝えられ、疑惑は深まりました」

「引き続き乃木卓の経歴を」と櫻井が先をうながす。

「はい。父は警視庁公安部外事課に所属していました」

外事課と聞き、一同の表情がさらに深刻さを増す。

外事第四課の全体会議でも同じ議題が取り上げられている。こちらで説明しているのは野崎だ。やはり、乃木卓が元公安だと知ると、一同は騒然となった。

「では、我々の先輩ということですか？」

「ああ」と野崎は新庄にうなずく。

野崎に代わって佐野が話しはじめる。

「表向きは農業使節団として砂漠地帯の緑地化事業に従事。バルカ政府から感謝状を贈られるほどの功績をあげ、ノゴーン・ベキと呼ばれるようになった」

「ノゴーン・ベキ……？」

「ノゴーンが緑、ベキは魔術師という意味だ」と野崎が説明する。「砂漠地帯を作物が獲れる緑の楽園に変え、現地の英雄となったが、その裏では公安としてバルカで諜報活動を行っていた」

「何を調べていたんですか？」と新庄が訊ねる。「当時のバルカはテロもなく、平穏だったのでは？」

「我が国にとってバルカは石炭などの資源を盛んに輸入してきた重要な資源供給国。もし内乱でも勃発すれば、国益に関わる大問題だ。実際、バルカで四つの民族による内乱の噂が出て、乃木卓に内部調査の白羽の矢が立った。現地での諜報活動を行ったが、一九八三年についに内乱が勃発。翌年、乃木卓は内乱に巻き込まれて死亡したと記録されている」

「待ってください」と野崎の説明に新庄が異議を唱える。「潜入任務だったのであれば、危険が生じた段階で救助されるのでは？」

「そのとおり」

「だが、救助要請が入っていた記録は残っていない」と佐野があとを引き取った。「公安としての記録を残しておくことに不都合な何かがあったんだろう。その後、乃木卓の公安在籍の記録は抹消された」

公安の闇の部分を否が応でも感じ、一同は押し黙る。

沈黙を破って、野崎がふたたび話しはじめる。

「現地の記録を調べてもらったところ、乃木卓の遺体は確認されていなかった。バルカ警察のチンギスが集めた情報によると、バルカ各地でノゴーン・ベキを見たという噂は数多く存在する……」

「公安が死亡と断定した乃木卓は、バルカで生き残っていたんだ」

佐野はそう結論づけた。

「生きていたなら、どうしてそのことを日本に伝えなかったんでしょう?」

「そう」と野崎が新庄にうなずいてみせる。「そこが最大の謎だ」

一同はしばし、その理由を考える。


プロジェクターで公安の内部資料を映しながら、乃木が語っている。

「考えられるのは……公安が何らかの事情で父、乃木卓を見捨てた。父自身もそのことがわかっていたとすると」

かぶせるように黒須が言った。

「家族も殺された分、恨みが倍増しますね」

そういうことなのか……。

乃木が一同を見回し、言った。

「『テント』の最終標的は日本……」

「……」

「公安に裏切られた父が、日本への報復を考えていてもおかしくありません」

「乃木憂助は『別班』として父親を追っていたのでしょうか？」

新庄が矛先を変え、かねてから疑問を抱いていたことをぶつけた。

「なぜ、乃木が『別班』だと？」と野崎が逆に訊ねる。

「先日の太田梨歩の件もそうですが、一般人の動きとは到底考えられません。我々同様、諜報員の可能性が高いと考えられますが」

答えようとする野崎を制するように佐野が先に口を開いた。

「乃木と『別班』を結びつける経歴や証拠は見つからなかった。乃木憂助は『別班』ではないと踏んでいいだろう」

「ですが」

「逆にロシア、中国、北朝鮮辺りの諜報機関かもしれん」

「！」

「もしくは乃木憂助自体も『テント』に関わっているかだ」

佐野の言葉に一同は驚く。たしかに、首謀者が父親だとすればその可能性のほうが高いかもしれない。

「いずれにせよ、乃木を追えば必ず『テント』にたどり着く。我々は今後も徹底的に乃木のマークを続ける」

「はい!!」と課員たちは声をそろえた。

発言を終えた乃木が着席すると、高田が席を立った。

「司令、乃木をこのまま『テント』の任務に就かせるおつもりですか？」

礼儀正しく、理路整然とした口調で自らの意見を述べていく。

「実の父親を相手にさせるのは危険です。もしノゴーン・ベキが目の前に現れ、殺害が必要になったとき、乃木に一瞬たりともためらいが生じないとは言い切れません。その一瞬が国家の危機につながる可能性があります。国防にあたる以上、不要なリスクは避けるべきではありませんか？」

「それも一理あります」

そう答え、櫻井はゆっくりと立ち上がった。

「ですが、乃木さんは誰よりも『テント』を熟知しています。相手を知るうえでこの上ない利益をもたらすと判断しました。本件は乃木さんをリーダーとして任務を進めます」

その言葉には有無を言わせぬ力強さがあった。

「承知いたしました」

高田が着席し、乃木は皆に頭を下げた。

「任務の説明に移ります」

櫻井にうながされ、黒須がハッキングで入手した『テント』の通信関連の資料を表示。皆はそれぞれのタブレットでそれを確認していく。

「ハッカー名『ブルーウォーカー』こと太田梨歩の協力により、すべてが謎に包まれていた『テント』の通信手段および通信記録の傍受に成功いたしました。その記録からベキが最も信頼を置く幹部が判明。氏名はノコル。音声通話データを傍受したところ、流暢な日本語を使いこなしています」

「日本語？」と意外そうに廣瀬がつぶやく。

「ノコルはベキの代弁者となり、すべての指示を出しています」

「ベキの息子という可能性も？」

熊谷の問いに黒須はうなずく。「考えられます」

一同は思わず乃木を見た。

「……」

「一週間後の三月二十七日、『テント』の実質ナンバーツーであるノコルが急遽、幹部ピヨの代わりにロシアの反政府武装組織『ヴォスタニア』との会合に姿を現します」

「これは『テント』の最高幹部を捕らえる絶好の機会です」と櫻井が重ねる。

「！……」

黒須は全身黒ずくめの戦闘服をまとった『ヴォスタニア』メンバーの写真をアップし、ノコルが送信したロシア語のメールを表示させた。

『当日、十八時までに国境近くのイバレフ村付近に来い。十八時ちょうどにこちらから会合場所の座標を送る』

和田が読みあげ、熊谷が言った。

「会合場所は直前までわからないということですね」

「はい」

黒須にうなずき、櫻井が口を開いた。

「我々が会合場所を知るには、武装組織のもとに送られてくる連絡を直接確認するしかありません」

そう言って、具体的な作戦を説明していく。

※

ピヨを連れ、ノコルがベキのゲルへと入っていく。バトラカと話しているベキに、「お父さん、アリの件で報告が」と声をかけた。

「見つかったか?」

「見つかりましたが、アリではありませんでした」

「オユンたちか?」とベキはアリの家族を心配する。

「いえ。ピヨ」

ピヨがベキに写真を見せる。写っているのは三人の物乞いの遺体だ。

「アリにつけていたミンジと護衛のカインとエルダです。遺体安置所で確認してきました。物乞いに見せかけて殺害されていました」

写真を覗き込み、バトラカが言った。

「アリと家族は捕らえられましたね」

うなずき、ノコルが言った。

「アリに近づいていたのは日本人です。ただ、この法を無視した手口は……」

「公安ではないな」

「はい」とノコルはベキにうなずく。

「別班」

「おそらく」

ベキは立ち上がり、歩きながら言った。

「ここを引き払う」

「はい」

頭を下げ、ノコルはベキの前を辞す。ゲルを出ようとしてノコルはふと立ち止まった。妻と息子の写真を飾った仏壇の前に立ったベキの横顔を見つめる。悲しげに写真を見ていた表情が怒りの表情へと変わっていく。

きちんと整理整頓された室内で、乃木がスマホを見つめている。スーツケースの脇には畳まれた着替えが置かれている。

「仕事、大変みたいだからまた連絡します」

「今日からジャミーンのリハビリが始まりました。順調です」

「ジャミーンも寂しがってます」

薫からのメッセージを眺め、途方に暮れていると頭が痛みはじめた。

『三日も放置か』

現れたFに乃木は言った。

「……どう返せばいいのかわからない」

『簡単だろ。お前の気持ちを伝えりゃいいだけだ』

「……伝えても、すぐに寂しい思いをさせる」

『何も言わずに行くつもりか?』

「……もう会わないほうが、彼女のため――」

『お前、変なこと考えてんじゃねえだろうな』とFがさえぎった。

「今まで以上に危険をともなう任務だ。もしものことがあったら……」

『死なねえよ』とFは語気を強めた。『俺がお前を死なせねえ』

「……」


ジャミーンの病室を訪れた野崎はイスに座りながら薫に訊ねた。

「……それで、乃木とはどうなんだ?」

「え?」

「うまくやってるのか?」

「え……」

薫は動揺を隠せない。「な、なんで?」

そんな薫を野崎は鼻で笑う。

「スパイですもんね、国家公認の。なんでも知ってるか」

あきらめたように薫がつぶやく。野崎はジャミーンの頭を撫でながら言った。

「よかったな。元気になって」

戸惑いつつも、ジャミーンは野崎にうなずいた。

「で？」

嫌な顔で薫ににらまれても野崎はまるで意に介さない。

「で？」

「……ずっと忙しそうで、連絡もないんです」

寂しそうに薫はうつむく。と、野崎のスマホにメールが着信した。野崎は何げなく画面に触れ、メールを確認する。

「なんで連絡くれないいんだろう。そりゃ仕事が大変なのはわかるけど、ちょっと返信するくらいできるんじゃないかなとか、そんなこと考えちゃって」

「おい、そろそろ来るぞ」

そう言って、野崎はドアのほうへと視線を向けた。

「え？」と薫がその視線を追う。ジャミーンもつられてドアを見た。まさにその瞬間、ドアが開いて乃木が入ってきた。

みんなの視線をいきなり浴び、乃木は驚く。薫とジャミーンも目を丸くしている。

「え⁉」

ジャミーンの驚き顔はすぐに笑顔に変わった。

病室に入りながら、乃木が訊ねる。

「どうしたんですか、皆さん」

「野崎さんがそろそろ来るぞって。そしたら間髪入れずに乃木さんが……」と興奮気味に薫が話す。

チラッと野崎を見ると、意味深な笑みを返された。

「そうだったんですか」

乃木はスルーし、薫に向き合う。

「薫さん、すみません。なかなか連絡できなくて」

「……今日、このあとも仕事ですか？」

「あ、いや。今日はもう」

「もうすぐ仕事が終わるので、待っててもらえますか？」

「わかりました」

「じゃあ」

ジャミーンと少し言葉を交わしてから薫は病室を出て仕事へと戻っていった。

薫が去ると、ジャミーンは甘えるように乃木に向かって両手を広げた。乃木はその身体を優しく抱きしめてあげる。

「ずいぶん忙しいみたいだな」

ジャミーンから身体を離した乃木に、野崎が言った。

「ええ、まあ。新庄さんですか、メールは？」

「いや、鈴木だ」と野崎は乃木に堂々とスマホのメール画面を見せる。

『乃木、まもなく病室に到着します』

「さすが公安です」

「ホンジョウナオスケ」

サウジアラビアからバルカに入国した際の偽名を告げられ、乃木は苦笑した。

「それはチンギスさんですね」

「ああ。あの野郎はいくつパスポートを持ってるんだってあきれてたぞ」

「ハハ」

「なぜ、今回は本名でバルカ行きのチケットを予約した？」

「そっちのほうが野崎さんが動きやすいと思いましてね」

どういうつもりだ……？

意図を探るように野崎が乃木の目を覗き込む。動じることなく乃木は見返す。と、ドアが開き、洗濯物を持ったドラムが入ってきた。

「こんにちは、ドラムさん」

ドラムが乃木に笑みを返す。

「……ドラム、これジャミーンに見せてやれ」と野崎が持っていた紙袋から小さな箱を取り出した。「ハリー・ポッターのＤＶＤ、全八巻」

『ハリー・ポッター』という単語に反応し、ジャミーンが目を輝かせる。

「俺のだから、なくすなよ」

ドラムは笑顔でＯＫサインをつくる。

「ハリー・ポッター好きなんですか？」

「超好きだ」

「へー」

「ドラム、メシ食いに行くぞ。これモンゴル語はないから、お前が訳すんだぞ」

そんなことを話しながら、野崎はドラムを連れて病室を出ていった。

「……」

ジャミーンとふたりきりになると、乃木はベッド脇のイスに腰かけた。ジャミーンの目を見つめながら優しく語りかける。

「いいかいジャミーン。君は強い子だ。これからどんなことがあっても負けずに、立ち向かい生きていくんだ。この日本で、薫先生の言うことをよく聞いて。ね」

「……?」

乃木は微笑みながら、ジャミーンの頭を撫でる。

一瞬、乃木の言葉の意味に違和感を抱きつつも、ジャミーンは笑顔でうなずいた。

病院近くの道を乃木と仕事を終えた薫が並んで歩いている。

「……こうやって話すのも久しぶりですね」

「すみません。新規プロジェクトの対応に追われてまして」

「別に責めてるわけじゃないです。忙しいのはわかっているので。でも……」

「?」

口を閉じ、薫は乃木の言葉を待つ。

しかし、乃木は怪訝そうに薫を見つめるだけだ。薫はすねたように唇をとがらせた。

「言わせるつもりですか?」

「え?　ああ……?」

「……寂しかったんです」

「!」

「私、乃木さんのこと、本当はよく知らないなって」

「……」

「会えないときに考えてたんです。今、乃木さんは何をしてるのかなって。でも、普段どんな仕事してるのかとか、休みの日に何をするのが好きだとか、全然知らなくて。想像すらできなかったことが……少し寂しかった」

胸のうちを正直に吐露し、薫は恥ずかしそうにうつむいた。その姿がたまらなく愛おしく、乃木は我慢ができなくなる。

「あの……抱きしめてもいいですか?」

「はあ?」

その朴念仁(ぼくねんじん)ぶりに薫はあきれてしまう。

「そういうのは訊かずに——」

さえぎるように乃木は薫を抱きしめた。

「！」

薫を腕に抱きながら、乃木が言った。

「お腹すいてませんか？」

「はい？」

なぜ、このシチュエーションでそのセリフ……？

「野崎さんに教えてもらったお赤飯、仕込んであるんです」

「？……」

「一緒に食べませんか？　蒸かすのに一時間くらいかかるんですけど……」

「待ちます！」

乃木の自宅。食卓で向かい合い、乃木と薫が赤飯を食べている。ふっくらと炊きあがった小豆色のご飯のもちもちした歯ごたえに、薫は思わず声を漏らす。

「美味しい……」

そんな薫に、乃木も笑顔になる。

おかずの豚の角煮と赤飯を交互に行き来する薫の箸は止まらない。

「ホント美味しい。野崎さんのより美味しいです」

「！……」

あっという間に平らげてしまった。

汚れた皿を台所で洗っていると薫がすっと乃木の隣に立つ。

「私、やりますよ」

「いえ……」

「ご馳走になったんで。やらせてください」

「じゃあ、一緒に」

乃木が少し横にずれ、ふたりは洗い物を始める。泡立てたスポンジで皿をこすってい
る薫の横顔が目に入り、乃木の手が止まる。そのまま衝動的にぎこちないキスをする。

「！」

「す、すみません。つい！」

目を泳がせて洗い物に戻る乃木に、薫は微笑んだ。

間接照明がほのかに灯る寝室に布団が二組並んでいる。先に布団に入った薫が隣に乃
木を招く。おずおずと入ってきた乃木を横向きで薫がじっと見つめる。
乃木は薫の顔を見ていられず、天井を向いた。緊張でその表情はこわばっている。

「乃木さんって、もしかして？」

天井を見つめたまま、乃木がうなずく。

薫の口もとに笑みが浮かんでいく。


窓から射すやわらかな朝の光に満たされた台所に、乃木と薫が並んで立っている。卵を手に取り、乃木が言った。

「目玉焼きは、まずザルに卵を割ります」

「え？　ザル、なんで？」

「こうすることで白身の水っぽいところが取れます」

話しながらボウルに重ねたザルに卵を割る。ザルを上げ、薫の前に持っていく。

「ほら、水っぽいところが取れるでしょう」

「本当だ」

「これでプリッとしたホテルで出てくるような目玉焼きになるんです」

「へ〜」

フライパンの上に卵を落とし、透明の白身が色づいていくのを薫がじっと見つめている。カシャと音がして、振り向くと乃木がスマホのカメラを構えていた。

「なんですか？」

「……綺麗だったんで、つい」

「ちょっと……」卵よりも早く薫の頬が色づく。「なに言ってるんですか」

食卓に料理の皿を並べ、ふたりは席につく。目玉焼きを見て、薫は目を輝かせる。

「本当にプリップリで美味しそう。料理、また教えてくださいね」

「はい」

幸せそうな表情を目に焼きつけるように、乃木はしばし薫を見つめた。

※

席につき、離陸前のキャビンアテンダントのアナウンスを聞いていると隣の席に誰かがドンと鞄を置いた。顔を上げた乃木の目に、野崎とドラムの姿が飛び込んでくる。

「野崎さん。ドラムさんも」

ドラムがニコッと乃木に微笑む。

「お仕事ですか？」

「白々しい」と野崎が返す。

　ドラムは懐から写真を取り出し、乃木に渡す。病室で撮影されたジャミーンと薫の写真だった。写真を眺める乃木の口もとがほころんでいく。

「……ありがとう」

　棚に荷物をしまい終え、野崎が乃木の隣に座る。

　ふたり無言のまま、飛行機は成田空港を飛び立った。


　窓の外を眺めている乃木に、野崎が言った。

「そんなに名残惜しいか、祖国が」

「……」

「どうするんだ？　先生のこと」

　乃木の表情が険しくなる。

「まあお前の立場じゃ、普通の恋愛はできねえか……」

　窓から視線を移すと、野崎と目が合った。野崎は目をそらすことなくじっと乃木を見つめつづける。

　視線の強さに乃木は戸惑う。

「あの……野崎さん……」

「あ？」

「もしかして、僕のこと……？」

野崎は真顔を崩さない。

「……すみません！　いや、僕はその……」

困惑する乃木を見て、ふっと野崎は笑った。

「悪い。つい見ちまうんだよ」

「……」

遠い目になり、野崎はつぶやく。

「似てるんだ」

「……似てる？」

「ああ。俺が可愛がってた後輩にな……」

「……」

「リュウ・ミンシュエン。北京の大使館にリエゾン（連絡係）として赴任していたときの仲間だ」

「その人に、僕が？」

「ああ」とうなずき、野崎は続けた。「もうこの世にはいないが」

「！」

「リュウはドラムのようなエージェントだった。頼りなく見えて、実は芯がある。そんなところもお前に似ていた」

「……」

「奴は俺のために一生懸命働いた。真面目な奴で、俺に好かれようと必死だった。だが、そのせいで度を越えた調査をしちまったんだ」

「……もしかして、それで？」

野崎は悲しげに目を伏せる。

「俺がもっと奴のことを見てやっていれば、死なずに済んだんだ」

「……」

「俺にとっても唯一の失敗だ。だからお前を見ると、つい思い出しちまってなー」

「そうでしたか……」

「あいつが死んだのも突然だった。急にいなくなると無性に寂しいもんだ」

そう言って、野崎はふたたび乃木を見つめる。

「全部終わったら、先生のとこにちゃんと帰ってやれよ」

「……」

ふいに乃木は野崎の手を取った。

「！」

目をつぶり、予言者のように厳（おごそ）かに告げる。

「あなたは鶏群（けいぐん）の一鶴（いっかく）」

「……」

「眼光紙背（がんこうしはい）に徹す」

「……」

思いを込めるように力を入れてから、乃木はそっと手を離した。

スーツケースを引きながら乃木が到着ロビーへと出てきた。あとから野崎とドラムも続く。人混みのなか、出迎えにでもきたようにチンギスが立っていた。乃木は思わず野崎を振り返る。

「警察同士、何かと連携が必要でな」

「そうですか」

乃木はチンギスに歩み寄り、挨拶する。

「お久しぶりです、チンギスさん」

「よう」

「すぐに仕事か？」と野崎が乃木に訊ねる。

「はい。このあと、ホテルでスネイプ社と商談があるので、私はここで」

「じゃあ、またな」

去っていく乃木の背中を見送りながら、野崎がチンギスに訊ねる。

「仕込んだか？」

「ああ。念のため、いくつか仕掛けさせた」

手荷物受け取り場に出る前に、裏で乃木のスーツケースに発信機をつけたのだ。

「空港内に部屋を用意した」

うなずき、野崎はチンギスと一緒に歩きだす。


チンギスが用意したのは空港内のとある事務所だった。大型のモニターを三台と複数のパソコンや通信機器を設置し、簡単な指令室へと模様替えしていた。

乃木を乗せたタクシーが発車する隠し撮り映像をモニターで見ながら、野崎は自宅にいる東条に連絡を入れる。

「東条、そっちでも確認できてるか？」

モニターに表示されたマップを移動する信号を確認し、東条が答える。

「はーい。問題なーしっ！」

後部座席に乃木を乗せたタクシーが車線変更すると、二百メートルほど後方を走っている車が同じように右レーンに車線を変える。バックミラーでそれを確認した運転手が乃木に言った。

「尾行は一台だけみたいですね」

「スーツケースに発信機でも仕込んだんだろう」

バックミラー越しに運転手と目が合う。現地のタクシー運転手の格好をした黒須だ。

「位置情報があるから尾行は最低限ってことですか」

「そうだね……」

タクシーがクーダンイーストホテルの車寄せへと入っていく。その様子をホテル手前の道に停車した車の中からチンギスの部下、オリバーとヨハンが監視している。

出迎えたドアマンがトランクからスーツケースを下ろす。運転手に料金を払い、後部座席から乃木が降りた。

ドアマンを振り返ったその顔を見て、オリバーとヨハンは仰天した。明らかに乃木とは違う、年配の男だったのだ。

「の、乃木じゃありません!!」

無線から聞えてきたオリバーの声に、チンギスは慌てて訊ね返す。

「どういうことだ!?」

「わかりません！　ただ、タクシーから降りてきたのは乃木に変装した別の男です！」

「そいつも仲間だ！」と野崎が叫ぶ。「追え！」

「了解！」

ヨハンがロビーに駆け込むも、乃木になりすました男は見当たらない。ただ、乃木のスーツケースを手にしたドアマンがいた。ヨハンはドアマンに警察手帳を見せ、訊ねた。

「このスーツケースの日本人は？」

「チェックイン前にトイレに行かれるとおっしゃって」

ヨハンはすぐにトイレへと走る。その様子を後方のテラスから高田がガラス壁越しに見つめている。ヨハンがトイレに消えるのを確認し、高田は席を立った。

「こちらヨハン、男はスーツケースを置いて消えました」

無線を聞き、チンギスはデスクを叩いて憤然と立ち上がった。

「お手上げだ！　発信機はスーツケースだ。もう乃木は追えん！」

「発信機はもう一つあるよ」とドラムのアニメ声がチンギスをなだめる。

驚くチンギスに野崎がうなずいてみせる。

「僕が飛行機から降りるとき、乃木さんの靴に仕掛けたよ」

野崎はすぐに東条に連絡を入れる。

「ドラムの発信機は確認できるか？」

東条はマップを移動する発信機の信号を見ながら、「ああ」と返す。

「まだタクシーの中だね。場所送るよ」

送られてきた位置情報を受け取り、チンギスがオリバーに指示する。「タクシーは三号線を北上。奴らは巻いたと思って安心してるはずだ。距離をとって追え」

「了解」

「しかし乃木の野郎、どこで入れ替わったんだ」

野崎が無線で確認する。

「ヨハン、どこかで一瞬でも目を離さなかったか?」

「いえ。空港を出てから一度も……あ!」

思い出し、ヨハンは続ける。「アズーナの坂でほんの一瞬だけですが……」

すぐにチンギスが部下に指示を出す。

「グエン、アズーナの監視カメラ配置図を出せ」

「はい」

間もなくモニターに配置図が映し出された。「これだ」とチンギスが坂の下に位置するカメラを指さした。すかさず野崎が東条に連絡する。

「東条、バルカ交通局の監視カメラ、ナンバー357をハッキングしてタクシーの通過映像を出してくれ!」

「はいはいはいはいはい……大体二十分前と」

東条は苦もなくバルカ交通局のシステムに潜り込み、該当する映像を探す。

「これだ……ズームして、スローにすると」

映像を確認しながら、東条は思わずうなった。

「あ〜あ〜あ〜……」

「どうした?」

「送ったから、とにかく見て」

「来ました」とグエンが送られてきた映像をモニターに再生する。

坂を下りてくるタクシーの姿が現れた。ズームされた後部座席に乃木が映っている。その頭が一瞬下に消え、数秒後にふたたび現れたときには別の男にすり替わっていた。

野崎とドラムは、やるなと苦笑いを浮かべる。

「……なんですか、今のは？」

呆然とするグエンにチンギスが忌々しげに答える。「おそらくタクシーは後部座席とトランクがつながるような構造になっていたんだろう。身代わりの男は最初からトランクに潜んでいて、乃木が乗車したあと、座席を外してトランクを出て、タイミングを待っていた。アズーナの坂で尾行の視界から消えた瞬間に入れ替わり、乃木はトランクに隠れ、そのままホテルへ行った……そうだろ？」

チンギスの推測に野崎がうなずく。

タクシーの後部座席で乃木が靴を脱いでいる。かかとに刺さった発信機をはがし、ふっと笑った。

バックミラー越しに、「発信機ですか？」と黒須が訊ねる。

「うん。ドラムさんは発信機を仕掛けるのが本当にうまいな」

そう言って、乃木は電波を遮断する密封ボックスに発信機を入れた。

「あれ……信号が消えた」

東条からの連絡を受け、野崎が舌打ちする。

その頃、乃木と黒須はタクシーから高田が運転する車に乗り換えていた。

「気づかれたか……」

「タクシーのナンバーは控えてある。街中の監視カメラ映像も調べさせる」

チンギスが言うが、「無駄だ」と野崎は首を横に振った。「今頃、別の移動手段に切り替えてる」

「……どうする?」

「タクシーは三号線を北上していた。奴らが向かったのはロシア国境方面だろう」

「行こう」

「当然だ」

野崎とチンギス、ドラムたちは指令室を飛び出した。

※

『テント』の新たな拠点は、ロシア時代の古い建造物の発掘作業が行われている現場だった。そこに一定の間隔で複数のゲルが並んでいる。

ベキのゲルに、『ヴォスタニア』との打ち合わせに向かうノコルが、部下のマタとシチを連れ、挨拶にきている。

「ノコル、くれぐれも気をつけてな。『別班』が情報を察知している可能性もある」

「大丈夫です。手は打ってます」

「そうか」

バトラカがマタとシチに言った。

「何があってもノコルに犯罪歴をつけさせるな。お前たちがカバーするんだ」

「はい」とふたりが声をそろえる。

「では」

出ていく三人を見送るベキの目には、うっすらとした不安の色が宿っている。

郊外にある人けのない草原に建つ小屋の前で、高田はクルマを停めた。

「ここだ」

室内にはライフル、拳銃、催涙弾、手榴弾、スタンガン等の武器が用意され、防弾チョッキを着用した和田、廣瀬、熊谷がそれらを手に取り、使い勝手を確認している。

ドアが開き、乃木、黒須、高田が入ってきた。

「遅くなりました」

乃木の声に反応したのは、備えつけられたモニターに映る櫻井だった。

「全員そろったようね」

一同は背筋を伸ばし、櫻井に一礼する。

「乃木さん。公安、野崎のマークは？」

「問題ありません」

うなずき、櫻井は席を立って話しはじめる。

「今回の任務により『テント』がなぜ主義主張のないテロを繰り返すのか、日本の何を狙っているのか、世界で初めて私たちが知ることになります。皆さん、全身全霊を懸け、この任務に当たってください」

「はい」

「最終確認を」

「はい」とうなずき、「和田」と乃木が振る。

作戦を立案した和田がメンバーに説明していく。

「現地エージェントによると、『テント』との会合に向かう『ヴォスタニア』のメンバーは六名」

「全員背格好は、ほぼ一緒だ」と熊谷が確認する。

「そうだ」

「身代わりがバレる心配はなさそうですね」

廣瀬に乃木がうなずく。

「リーダーはスワード。『テント』からの連絡はすべてスワードのスマホに送られています」

和田はメンテナンス会社の名前が記された窓なしの黒いワゴンの写真をモニターに表示させ、説明を続ける。

「これが実際に使用する車両です。『ヴォスタニア』は二一〇〇（にーひとまるまる）イバレフで、『テント』から送られてくる会合場所の座標を受け取り、その地点に直行し、『テント』と会合を行います。現地報告によると『ヴォスタニア』は一六〇〇（ひとろくまるまる）ロシア、ハドカルを出発。現在、この付近を走行中。一八三〇（ひとはちさんまる）頃、国境を通過すると予想され、爾後（じご）、三号線を南下

――」

三号線を南下する黒いワゴンが小さなドライブインの前を通過しようとしている。道は閑散としていて、ほかに車の影はない。

駐車場の物陰にライフルを構えた和田が潜んでいる。ワゴンがスコープの中に現れた。射程距離に入るや、和田は引き金を絞った。次の瞬間、リアタイヤが弾け、黒い車体がガクンと揺れる。

ワゴンは徐行しながらドライブインの駐車場へと入ってくる。ワゴンが停まり、『ヴォスタニア』のメンバー三人がタイヤ交換を始めた。残りのふたりはトイレに向かい、リーダーのスワードは売店に入っていく。

トイレの個室で待機していた高田がタブレットを見つめている。個室は四つあり、高田がいるここ以外の個室には麻酔銃が仕掛けてある。タブレットにはその三つの個室の映像が映っている。手前の二つの個室にメンバーが入ってきた。

それぞれが便器にしゃがんだタイミングで、高田は手にしたスイッチを押す。首筋にダート矢が刺さり、ふたりはその場に昏倒した。

売店のレジには店員に扮した廣瀬がいる。スワードがパンやドリンクを台に置いたとき、すばやくその手に麻酔剤を注射した。スワードがレジに寄りかかるように倒れる。

駐車場ではまだタイヤ交換が行われている。

「急げよ。あと十分で終わらせないと間に合わないからな」

彼らに音もなく忍び寄った熊谷がロシア語で声をかける。

「手伝おうか？」

メンバーたちが振り返った瞬間、ワゴンの陰に控えていた乃木と黒須が躍り出て、またたく間に麻酔を打った。三人はあえなく崩れ落ちていく。


乃木と黒須が倉庫に入ると、気絶したスワードとふたりのメンバーが手足を拘束されて床に寝かされていた。口にはテープが貼られている。

乃木に向かって廣瀬が言った。

「皆、防弾ベストを着用していません。どうします？」

「外す。警戒されたらおしまいだ」

「廣瀬、高田さん、外で熊谷の応援を」

黒須にうなずき、ふたりが出ていく。和田が乃木にスマホを差し出した。

「スワードのスマホです。パスワード再設定済みです」

乃木が受け取り、すぐにメールをチェックする。それを見て和田が訊ねた。

「何かあったのか？」

「外の連中が、あと十分で出発しないと間に合わないと」

黒須の言葉に、「おかしいな」と和田は首をひねる。「三十分後でも十分間に合う」

「やはりな」と乃木がさえぎった。「連絡待機場所が変更されている。一昨日の『テント』からのメールだ。変更地点はザナス」

司令室で会話を聞いていた櫻井が乃木に確認した。

「ザナス？」

「はい」

すぐに部下の奥西（おくにし）がザナスまでの経路と到着予定時間をモニターに表示させる。

「司令、こちらを」

その情報は即座に乃木たちに共有される。

「到着時間二一〇〇（にーひとまるまる）。二十分の遅延が見積もられます」

黒須と和田は乃木の判断を待つ。乃木はタブレットの地図を見て、決断した。

「向かうしかない。この草原を横切る」

櫻井が言った。

「いいでしょう」

「おっと、野崎さん」

インカムから聞こえてきた東条の声に、野崎が答える。

「どうした？」

「乃木につけた発信機がまた反応した」

「‼……場所は？」

「三号線沿い、バヤンハイルインっていうドライブインだ」

「移動中か」

「いや、止まってる。今、位置情報を送った」

「……」

「なぜ、急に……」とチンギスが怪訝そうにつぶやく。

「何かのはずみで反応が戻ったか……もしくは……」

乃木が誘っているのか……。

「とにかく行こう」とチンギスが運転手に指示を出す。これまでやみくもにロシア国境方面に車を走らせてきたが、目的地がはっきりしたのは助かった。

『ヴォスタニア』の黒いワゴンを和田がアクセルをベタ踏みして飛ばしている。後部座席では乃木がスワードのスマホ画面をじっと見つめている。時計の表示は『20：59』。『テント』から座標が送られてくるまで、あと一分しかない。

焦れたように黒須が和田に訊ねる。

「ザナスまであと？」

「五分」

時計の表示が『21：00』に切り替わった。

頼む……。

乃木がスマホを握りしめたとき、メールが着信した。

「来た」

すぐにメールを開き、確認する。

『北緯50度11分、東経90度43分。21時15分に来い』

乃木が読みあげ、黒須が司令室に訊ねる。

「あと十五分。間に合うか」

「ギリギリです」と奥西が答える。「経路を送る」

ワゴンはUターンし、目的地へと急ぐ。

しばらくして櫻井から連絡が入った。

「座標3363、5561を輸送機の着陸地点に決定。要請があり次第、十分後に着陸可能」

「了解」

※

ドライブインの倉庫に入ったチンギスが床に転がされているスワードたちを目で示し、部下に告げる。

「応援を呼んで、このロシア人たちを連行しろ」

野崎はすぐ横に落ちていた発信機を拾い上げた。

やはり、乃木がここにおびき寄せたのだ。ロシア人の後始末をさせるためか……。

乃木の意図を推測していると、メールが着信した。すぐに内容を確認し、野崎はスマホをしまう。

指定した廃工場でノコルら一行が『ヴォスタニア』の面々を待っている。時刻が『21：15』から『21：16』に変わるのを確認し、ノコルは言った。

「撤退だ」

ノコルが踵を返し、歩きだしたとき、マタが道の前方を見ながら言った。

「ノコル様」

目線を追うと、車のヘッドライトが近づいてくる。

「来たか」

ノコルはマスクをかぶった。マタとシチ、ほかの部下たちも一斉にマスクをかぶる。


道の向こうに工場の明かりが見えてきた。

「あそこだ」

和田の声を合図に、乃木たちはマスクをかぶる。

ワゴンがゆっくりと工場の敷地に入ると、マスクをかぶった男たちが立ちふさがった。

「止まれ」と乃木が和田に指示する。

ワゴンが停まり、乃木たちは全員外に出た。

ノコルが指示し、部下たちが一斉に銃を構える。

「ずいぶんと遅かったな」

別班員たちが様子をうかがうなか、乃木がノコルの前に出た。

「……出がけに山羊が産気づいてね」

「何頭だ？」

「七十七頭」

ノコルはじっと乃木を見つめ、そして部下たちに向かって手を下ろす仕草をした。別班員に向けられていた銃が下ろされる。

ノコルは乃木に言った。

「スワードだけ、武器を置いてこっちに来い」

「金を払うのはこっちだぞ」

「嫌なら帰るまでだ」

乃木は手にした銃を黒須に渡す。黒須が耳もとで乃木にささやく。

「あれが合言葉だとなんで？」

「一通だけゴミ箱に削除されていたメールがあった。確認しておいてよかったよ」

乃木はふたたびノコルの前に立つ。

マタとシチが乃木の身体検査をし、大丈夫だとノコルに合図を送る。ノコルが工場脇の建物を指し、言った。

「あそこで話そう」

歩きだしたノコルのあとを乃木がついていく。五歩目で追いつき、右手でノコルの腰に差してある銃を奪う。同時に左手でその身体を羽交い絞めにした。

乃木の動きに呼応し、別班員たちも一斉に銃を構える。

すぐに『テント』のメンバーたちも銃を構えたが、乃木に銃を突きつけられたノコルを盾にされ、それ以上は動けなくなる。

すかさず黒須が怒鳴った。

「銃を置け！」

「!!」

「銃を置け！」

部下たちはノコルをうかがう。顎に銃口を押しつけられたまま、ノコルが口を開いた。

「置け」

部下たちはゆっくりと銃を地面に置き、両手を上げた。

ノコルは背中越しに乃木に言った。

「なんの真似だ」

黒須が近づき、ノコルのマスクをはぎ取った。

「……ノコルだな」と乃木が訊ねる。

「お前らは……」

乃木がノコルの耳もとでささやく。

「『VIVANT』だ」

「‼……」

手術を終えた薫が医局に戻るとデスクに宅配便の箱が置いてあった。差出人の名前が乃木だったので、薫はすぐに箱を開けた。入っていたのは預金通帳と印鑑、それに家の鍵だった。

嫌な予感を抱きながら、薫は添えられていた手紙を読む。

『これをあなたに託します。もうあまり残っていませんが、君とジャミーンのために自由に使ってください。薫さん、ありがとう』

どう見ても別れの手紙だ。

想いを伝え合い、これからだと思っていたのに、どうして……。

薫は呆然と手紙を見つめた。

「取り押さえろ」

黒須の声で別班員たちはテントメンバーの拘束に向かう。黒須自身も乃木を追い越しマタへと銃を突きつけた。

「両手を頭の上に置け」

マタは黒須の後ろを見て、目を見開く。その表情に黒須はとっさに振り向いた。

乃木がノコルではなく自分に銃を向けていた。

「！」

そして、躊躇（ちゅうちょ）なく引き金を絞った。黒須は反射的に身体をひねり、銃弾は心臓から肩口へとそれた。苦痛の声と同時に黒須の手から銃が落ちる。

銃声に別班員たちが乃木を振り向く。

間髪入れずに乃木は別班員たちに銃弾を見舞った。

パン！　パン！　パン！　パン！

四発の乾いた音がし、至近距離から撃たれた別班員たちは吹っ飛ぶように次々と後方に倒れる。全員の心臓部に銃弾が命中している。

目の前で何が起こっているのか理解できず、ノコルは棒立ちになっている。

異様な静寂のなか、乃木が倒れた別班員たちを冷たく見下ろしている。

8

発砲音と同時に画面が大きく揺れる。一瞬乃木の顔が映ったと思ったら、暗い夜空へと画が変わる。そこからはブレブレで何がなんだかよくわからない。分割されたもう一方の画面では、さらに四発の銃声と次々と倒れていく別班員たちの姿が映し出される。

遠くバルカとロシアの国境から届いたその映像――乃木と黒須に装着したカメラの映像だ――その様子をモニターで見ながら、櫻井は絶句した。

静寂のなか、放心状態のノコルに乃木が銃を差し出す。受け取った銃の重みがノコルを現実へと引き戻した。ノコルは呆然としている部下たちに顎で指示する。すぐさまシチたちは乃木と黒須に銃を突きつけた。

撃たれた肩を押さえながら、黒須が信じられないという表情で乃木を見つめる。

「何やってんだ……あんた……」

「……」

「おい！　気でも狂ったのかよ！」

「黙れ」

「！」

黒須は泣きそうになりながらも憤怒の表情で乃木をにらみつける。

ノコルもいまだ状況が理解できず、戸惑いを隠せない。

「なんなんだ、お前ら。内輪もめか？」

ノコルの言葉に、乃木は真顔で振り向く。

「僕は敵じゃありません。ノゴーン・ベキに会わせてください」

「笑わせるな」と鼻で笑い、ノコルはシチに命じた。「殺せ」

シチが引き金にかけた指に力を入れたとき、乃木が言った。

「僕はノゴーン・ベキの息子です！」

「！」

シチの銃がノコルの手によって押し上げられ、放たれた銃弾は空へと消えた。

「……息子？」

「日本政府、世界各国の情報、知ってることは全部差し出します。組織の役に立つはずです。だから、ベキと話をさせてください！」

必死に訴える乃木をノコルが鋭く見つめる。

「お、お前……ふざけんな」

乃木に詰め寄ろうとする黒須を、「黙ってろ！」とマタが殴りつけた。黒須は地面に転がり、苦痛にうめく。

乃木の言うことは果たして事実なのか、それともただのハッタリなのか……。

混乱の渦中にあるノコルは、別班員のふたりをどう扱えばいいのか判断がつかない。

そのとき、道の向こうから点滅する赤いライトが現れ、サイレンの音が聞こえてきた。

「警察です」とシチがノコルに告げる。

迷いを吹っ切り、ノコルは言った。

「戻るぞ。ふたりともこれに乗せろ」と黒いワゴンを目で示す。乃木と黒須は連行され、後部座席に押し込まれた。

ワゴンの助手席に乗り込んだノコルがバックミラーに目をやると、乃木の視線とぶつかった。乃木はノコルを見据え、口を開いた。

「ノコルさん……あなたはノゴーン・ベキの息子なんですか？」

視線をそらさずノコルが答える。

「そうだ」

乃木からのメールで教えられた廃工場に着くと、凄惨な光景が待っていた。銃で撃たれた人間が四人、地面に転がっているのだ。

チンギスが唖然としてつぶやく。「一体、何があったんだ……」

まだ息があるかどうか確認していた野崎は、別班員たちが装着していた小型カメラに気がついた。

カメラに映り込んだ野崎の顔を見て、すかさず櫻井が奥西に指示する。

「消して」

すぐに奥西は通信を切った。

櫻井は司令室のスタッフ一同を振り向き、言った。

「皆さん、この件は他言無用です」

野崎はそれぞれのカメラからマイクロSDカードを抜き取り、しまった。

その昔、発掘作業を行っていた現場にある『テント』のアジトへと連行された乃木と黒須は、地下牢へと放り込まれた。手錠に加え、足枷（あしかせ）もかまされ鎖でつながれる。簡単な応急処置を受けただけの黒須の包帯は大量の出血で赤黒く染まっている。

痛みをこらえながら、黒須は隣の檻にいる乃木へと鋭い目を向けた。監視カメラがあるので声は出せない。黒須は手で口元を監視カメラから隠し、口パクで話しはじめる。

「これ作戦ですよね？　乃木さんなら心臓を撃ったように見せかけて急所を外すぐらい簡単だ。裏切った体にして、ここに侵入する作戦でしょ？」

「……」

「そうなんでしょ？」

唇の動きを読み、乃木は硬くうずくまりながら首を横に振った。

黒須は声に出して、訊ねた。

「本気で国を裏切ったのか……？」

絞り出すように乃木は言った。

「……どうしても会いたかった」

まさかの理由に黒須は愕然となる。

「会いたいって……父親に会うために国を裏切ったっていうのか？　そんなことのために、仲間を……」

腹の底から怒りが湧き、目を血走らせて黒須は叫んだ。

「ふざけんな、この野郎！」

乃木に殴りかかろうと、鎖を引きちぎらんばかりに黒須が暴れる。

「おい、静かにしろ！」

見張り役のシチが鉄格子をこん棒で叩く。

背中を丸めた乃木がつぶやく。「君にはわからないよ。僕の気持ちなんて。ずっと僕がどんな思いで生きてきたか……」

そんな乃木を黒須がにらみつけていると、通路の奥からコツコツと誰かの足音が響いてきた。シチとマタが緊張のあまり直立不動になるのを見て、乃木はハッとする。

ノコルの後ろからゆっくりと姿を現したのは、精悍な顔つきをしたこの組織の指導者だった。

「!!」

近づいてくるノゴーン・ベキを乃木はじっと見つめる。

ベキは檻の中のふたりに目をやり、マタに訊ねた。

「どっちだ?」

マタが目で示し、ベキはあらためて乃木に視線を移した。しかし、その目からはどんな感情も読み取れない。

乃木を見据えたままベキは言った。

「隣に入れろ」

鍵を開け、マタとシチが乃木の檻に入る。シチが銃を向け、マタが鎖と足枷を外す。

シチに銃で押されながら、乃木は檻を出ると、そのまま黒須の檻へと入れられる。

ベキが懐から銃を出し、ゆっくりと持ち上げる。

撃つのか……。

場の空気が一気に緊迫する。

ベキは鉄格子の隙間から乃木に銃を差し出した。

目で黒須を示し、命じる。

「殺れ」

「！……」

「本当に裏切ったなら、私の目の前で殺せ」

「……」

ベキは銃をさらに前に出す。乃木の手が銃へと伸びる。

「ふざけんなよ！　おい、本当にやる気かよ。おい！」

騒ぎ出した黒須にノコルが顔をしかめ、マタとシチに命じた。

「押さえろ」

「はい」

ふたりと一緒にノコルも檻に入り、乃木に銃を突きつける。その間にマタとシチが黒須に猿ぐつわをかまし、足の鎖を手錠にも回して、その場を動けないようにする。

マタとシチが檻から戻ると、ベキは乃木に自らの銃を渡した。

「……」

と、ノコルがその銃を奪った。

「お父さんの銃が汚れます。私のをお使いください」と自分の銃を乃木に渡す。

手にした銃を乃木が見つめる。銃がかすかに震えはじめる。

ノコルが言った。

「殺れ」

乃木は黒須に銃口を向ける。

「！」

銃の震えが大きくなる。

黒須は目をそらさず、銃口の先にある乃木の顔をにらみつける。

「撃て！」

ノコルが叫ぶと同時に乃木は引き金をひいた。黒須はとっさに首をかたむけ、左に避ける。弾は頬をかすめ壁にめり込む。猿ぐつわが切れ、地面に落ちた。

本当に撃ちやがった……！

黒須は憎しみのこもった目で乃木を見つめる。

乃木は苦渋の表情で、ふたたび銃を構えた。

「ふざけんな！　やられてたまるかよ！」

黒須は叫び、必死に身をよじる。傷口が開き、血がしたたる。

「国のためならいつ命を落としたっていい！　だが、お前にやられるのだけはご免だ！　やるんだったら、ベキ！　お前がやれ！　お前が殺せ！」

ベキをにらむ黒須の額に、乃木は銃を押しつけた。いつの間にか震えは治まっている。

「……！」

黒須は息を止め、乃木に向かって目を見開いた。

「ウォ――――――――」

悲鳴にも似た雄叫びを聞きながら、乃木は引き金を絞った。

「カチッ」という音だけが響く。

弾切れだ。

黒須は大きく息を吐き出した。

予備の弾を渡そうとするマタを、ベキが制した。

「もういい」

だらんと銃を下げ放心状態の乃木に、ベキが怜悧（れいり）な視線を這わせる。

※

地下牢にやって来たバトラカはその異様な空気に一瞬戸惑った。捕らえた別班員の男がなぜか銃を手にしている。ベキの息子だと名乗った男のほうだ。

檻の前にはベキが立ち、その男をじっと見つめている。

「……」

乃木からバトラカへ、ベキがゆっくりと視線を移す。バトラカが口を開いた。

「空港で見張っていたハナからですが、残りの『別班』の四人は即死だったようです。一時間前に四つの棺桶が日本の公安とバルカ警察が見守るなか、日本行きのエアロモンゴリアに積み込まれました」

黒須が乃木に向かって叫んだ。

「この野郎！　ふざけんな。本当に殺しやがって。俺がお前を殺してやる！　おい！

なんか言えよ、おい！」

しかし、乃木は反応しない。

「シチ」

ノコルにうなずき、シチが黒須の首のつけ根を手刀で打つ。黒須はその場に昏倒した。

ベキが乃木のほうへと近づくのを見て、バトラカが言った。

「マタ、シチ、外へ」

ふたりはすぐに地下牢を出ていく。

乃木と対峙し、ベキが口を開く。

「我が組織の役に立てると言ったそうだな」

「はい」

「ならば教えてくれ。『ヴォスタニア』との会合、なぜ知っていた？」

「『別班』は『テント』の衛星とサーバーを特定し、サーバー内の通信データを取ることに成功しました」

「だが、サーバーを特定するには特殊なアプリに入らなければ……」

「はい。あの乱数表みたいなカードを手に入れたので」

ベキとノコルは動揺する。

「さすがですよ。あれがＱＲコードの役割をしていたとは」

思わずノコルは声を荒らげた。「誰から手に入れた！」

「アリさんです」

「！」

「アリを殺したのか？」とバトラカが訊ねる。

「いいえ。今はベネズエラのカラカスにいます」

「どうやって味方につけた！」

恫喝するようにノコルが言った。

「家族を殺しました」

「！」

「そのときの映像が私のクラウドに残っています。確認してください」

自分のゲルに戻り、乃木の動画をプロジェクターで確認すると、ベキは頭を垂れた。

「どうなさったんですか？」とバトラカが訊ねる。

「つらかったろう……アリは……」

アリの慟哭が耳から離れない。

「しかし、オユンたちが生きていてよかったです」

そこにピヨをともないノコルがやって来た。

「サーバー内に記録されているログに空白がありました。ブルーウォーカーが『別班』に手を貸したのは事実のようです。メッセージの履歴から居場所が割れるようなものは一切ありません。アジトを変える必要はないかと」

「わかった」とベキはノコルにうなずいた。「バトラカをアリのもとへ向かわせる」

「……始末することをお考えなら、ピヨが適任かと」

「アリには自由の身だと伝える。家族三人犠牲にされても、私を守ってくれた」

「……」

「それに我々が居場所を把握していると知れば、これ以上下手なことはしないでしょう」とバトラカが言い添える。

「……わかりました」

ベキはバトラカを振り向き、言った。

「ノコルとふたりにしてくれ」

頭を下げ、バトラカとピヨがゲルを出ていく。

あらためてノコルと向き合い、ベキは訊ねた。

「……なぜ、銃を替えた？」

「お父さんのためです」

「……」

「『別班』は自衛隊の中でもずば抜けた者が選ばれると聞いています。知能、戦闘能力、銃の扱いも抜きんでていると。昨夜もあの男の銃さばきは見事としか言いようがありませんでした」

「……」

「お父さんの銃の弾倉はいつも満タンです。もしあのとき、奴が黒須を撃ったなら一瞬の油断ができます。その隙に乗じて、お父さんや私たちを撃つ可能性もありました」

「だから、一発だけ入れておいたのか」

「はい」

「私が銃を渡し、もうひとりの殺害を指示するとお前は予想していたのか」

「私はあなたの息子ですから」

「……」

一礼し、ノコルはゲルを出ていく。

ひとりきりになると、ベキは仏壇の前に立った。明美と憂助と一緒に写った家族写真を見つめていると、すぐに息子との別れの場面が脳裏によみがえってくる。

家族と引き離され、憂助が泣き叫んでいる。息子に駆け寄ろうとした明美が銃把で殴られ、倒れる。

「明美！」

額から血を流す明美を卓が抱きしめる。その間に憂助はトラックの荷台へと乗せられてしまう。

「お父さん‼　お母さん‼」

明美の口から、「ああ……」と絶望の声が漏れる。

砂埃の向こうに憂助を乗せたトラックが消えていく――。

「奴が……憂助……？　いや……憂助は死んだはずだ……」

日本へと向かう機内、別班員のカメラ映像を野崎がタブレットで再生している。何度見返しても乃木が仲間たちを撃っている。躊躇のない、プロの仕事だ。

「ドラム、なんて言えばいいだろうな、先生に」

つぶやく野崎に、ドラムは大きなため息で応える。

アジトの地下にある小部屋に、イスに縛られた状態の乃木がいる。指先や足先、胸の辺りにはセンサーが装着され、それがポリグラフにつながっている。

ポリグラフの反応を映すパソコンの前にピヨが座り、尋問するノコルが乃木のかたわらに立っている。

「さて」とノコルが口を開いた。「たしか言ってたな？　日本政府、世界各国の情報、知っていることは全部差し出すと」

「ええ」と乃木はうなずいた。「ですが、そのあとはベキと話をさせてください。それが条件です」

ノコルが乃木の頬を思い切り打った。髪をつかみ、ぐいと顔を寄せる。

「勘違いするな。お前は条件を出す立場にない」

「……」

「ポリグラフの針が少しでも振れたら……わかってるな」

乃木の様子は監視カメラで撮影され、ゲルにいるベキのもとへと流されている。プロジェクターがスクリーンに映すその映像を、ベキがじっと見つめている。

「まずは『別班』について話せ」

「私を含め、内部の人間にもその組織系統は教えられていません。わかるのは直属の上司だけです」

ポリグラフが描く波は大きく変化することなく、一定の幅を保っている。

「そいつは？」

「櫻井里美。詳しい素性はわかりません。年齢はおそらく五十代後半。任務に関する連絡はすべて彼女から下りてきます」

「ほかの別班員は？」

「面識があるのは全部で五人。黒須、そして即死した高田、和田、熊谷、廣瀬。この作戦の実行メンバーだけです」

「それ以外の別班員には一度も会っていないのか？」

「はい。基本的に個別行動が多いので。ただ別班員は世界中のありとあらゆる場所に潜伏しています。しかし、その人数や潜伏先、指揮系統はすべて不明です」

ノコルはピヨに目をやる。波形は安定しているとピヨがうなずく。

「……お前、どうやって『別班』の一員になったんだ？」

「コロンビア大学に在学中、二〇〇一年九月十一日、キャンパスからわずか十キロ先にある世界貿易センターでの同時多発テロを目の当たりにしました。家族のために軍隊に入っていく友人たちを見て、自分も何かのために命を懸けたいと思ったんです」

乃木の言葉をベキがじっと聞いている。

「それで自衛隊に入隊したのか？」

「はい。幹部候補生として陸上自衛隊に入りました。やがて、上長から心理戦防護課程の試験を受けてみないかと言われたんです」

「心理戦防護……なんだそれは？」

「当時の諜報特殊部隊の通称です」

「……それから？」

「三日後、指定された場所に呼び出されました。待っていたのは面接試験でした」

乃木は奇妙な面接のことを思い出す。

長テーブルに座った試験官たちが矢継ぎ早に質問し、乃木がそれに答えていく。

「ここに来る前の廊下の壁の色は？」

「……薄い青色でした」

「部屋に入る前にすれ違った電気工事業者の特徴は？」

「身長は一七五センチ程度。やせ型、四十代後半から五十代。左頬の下にシミが」

「右手には何を持っていた？」

「……水平器だったかと」

若い試験官が席を立ち、乃木に地図を見せ、訊ねる。

「グアム島の位置は？　制限時間十秒」

「……グアム島……地図から消されていませんか？」

そんな質疑応答を五十問ほど繰り返し、面接は終わった。

「ひとり部屋に残され、一時間近く経過したあと『別班』への配属を言い渡されました。それから東大大学院に入るよう言われ、以後、表向きは大学院生として、裏では別班員としての特別訓練を受けました。訓練はすべて上官とふたりきりで行われ、潜入、尾行、盗聴技術などを叩き込まれました」

ポリグラフの波形は変わらない。

「最初の任務は大学院を卒業するとき。中国に国家機密を売り渡していた当時の経産省の官僚を自殺に見せかけて殺害するというものでした。気絶させた官僚を運転席に残し、排ガスを車内に引き込んでの一酸化炭素中毒死。そのとき、初めて人を殺しました」

淡々と乃木は語っていく。

「その後、丸菱商事に入社。世界各地の情報を探るようになり、現在に至ります」

ノコルはピヨの背後に回り、ポリグラフの画面を視界に入れる。

「……わかった。ここからはイエスかノーで答えろ」

「……イエス」

「……お前は『別班』の任務でここに来た」

「ノー」

波形に変化はない。

「日本に本当の父親がいる」

「ノー」

波形に変化はない。

「お前は『テント』の指導者、ノゴーン・ベキを殺しにきた！」

「ノー！」

波形に変化はない。

「じゃあ、お前はここに父親に会いにきただけか?」

「イエス」

「ふざけんな。たったそれだけのことで仲間を殺して寝返ったというのか?」

ノコルはふたたび乃木に近づいていく。

「『別班』のお前が！」

いきなりデスクにナイフを突き立てた。

「！」

デスクに置いた乃木の手のほんのすぐ横にナイフが刺さっている。わずかではあるが初めて波形が変化した。

「すべて嘘だろう！　お前は『別班』だ。ポリグラフなんか簡単に対処できるはずだ」

「そう思うならＤＮＡ検査をしてください」

乃木はカメラのほうへ振り向き、その向こうにいるベキへ訴える。

「そうすれば親子だとわかってもらえます……お願いします！」

その行為がノコルの怒りに火をつけた。胸倉をつかみ、乃木の顔を引き寄せる。

「もし違ったらどうする」

「そのときは、殺してください」

ふたりの視線が激しく交錯する。

ノコルが乃木から手を離したとき、ベキからスマホに連絡が入った。

「……はい。わかりました」

スピーカーにして、ノコルはスマホをデスクに置いた。

「ベキからだ。お前が本当の息子ならば、最後に別れたときのことを話せと」

乃木はカメラをチラリと見て、口を開く。

「バルカにいたときのことは断片的にしか覚えていません。しかし、おそらく……」

しばしば夢に現れる父と母との別れの光景を乃木は語りはじめる。

「遠ざかるヘリコプター、泣き叫ぶお母さん。それから逃げて、追われて……どこかの村でトラックに乗せられ、私は泣きながら叫びつづけていました。遠ざかるふたりに向かって、『お父さん!! お母さーん!!』……と。それが父と母との最後だったと思うのですが」

当時の記憶がよみがえり、ベキは拳を強く握った。

「……その後はどうした?」

スマホからのベキの問いに、乃木が答える。

「人身売買のブローカーに連れていかれたんだと、あとになってわかりました。狭い部屋に投げ込まれたとき、頭を強く打ったんです。そのときのショックで自分の名前がわからなくなりました」

「!……それは記憶喪失ということか……?」

「はい……」

乃木とベキの会話をノコルが焦れたように聞いている。

「それから、どうやって日本へ」

「あの日……いつものように路上で物乞いをさせられていると、懐かしい日本の言葉が聞こえたんです」――。

「この辺りでは人身売買で売り渡された子供たちがたくさんいます。幼い子供は肉体労働ができないから、こうして物乞いをさせられるんです」

日本人らしき中年男性を現地のガイドが日本語で案内している。懐かしい言葉に憂助は思わず聞き入ってしまった。憂助の視線に気づいた日本人が声をかけてきた。

「なに見てんだ？　小僧」

憂助はとっさに顔をそむけた。その反応に男は驚く。

「君……日本語がわかるのか？」

「うん」と憂助は返事をした。

「お父さんとお母さんは？」

憂助は首を横に振る。

「名前は？」

「……わかんない」

男は周りを見回してから、深刻そうな顔つきでガイドに言った。

「日本人の孤児かもしれない」

それからふたたび憂助に訊ねる。「明日もここにいるね？」

憂助はうなずいた。


「――その方は戦場取材を行う飯田さんというジャーナリストだったと、あとで知りました。その方が日本に連れて帰ってくれたんです」

「!!……」

「船で京都の舞鶴に到着して、すぐにそこの養護施設に入りました。自分の名前もわからないので丹後隼人(たんごはやと)という名前をつけてもらったんです」

そういうことだったのか……。

ベキは大きく一つ息を吐いた。

「……そうか」

「二十歳のとき、大学の休みでアメリカから一時帰国したとき、テレビで乃木家の家紋を見て、断片的な記憶がよみがえりました」

家紋……。

「すぐに島根のご実家を訪ね、お兄様にお会いして自分が乃木憂助だと知りました」

乃木が語る物語は、間違いなく息子に関するいくつもの空白を埋めるピースだった。

ベキはもう乃木のことが息子としか思えなくなっている。

※

ゲルの中央に置かれたテーブルにベキを上座にして、ノコル、バトラカ、ピヨが囲むように座っている。

「もし彼の言うことが真実なら辻褄は合いますね」とバトラカが切り出した。

「?」とノコルがバトラカを見る。

「ベキを救出したあと、もしかしたら息子さんが日本に戻ってるんじゃないかとベキがおっしゃるので、何度も日本に問い合わせて捜したのですが……」

「名前が変わってたら、見つからないはずだ」とピヨが納得したようにうなずく。

ベキが席を立ち、机の引き出しにしまっていた守刀を手に取った。乃木の所持品としてバトラカから渡されたものだ。

「それは?」とノコルが訊ねる。

「あの男が持っていた……これは乃木家の守刀。代々受け継ぐものだ」

「守刀……？」

「ああ」

「こんなもの簡単に複製できます！」

ベキは守刀を見つめ、言った。

「……これは、本物だ」

「！」

奥の刀掛けに置かれた太刀に目をやり、ベキが続ける。

「あれを作った刀鍛冶がこれも作った。兄弟刀だ」

ベキは守刀を鞘から抜いた。そうして、刃を左の親指に当て、すっと引く。指の腹に赤い血が浮き上がり、床にしたたっていく。

「!!」

流れ落ちる血をベキはじっと見つめつづける。

乃木が鼻から粘膜を採取される様子を、蒼白い顔をした黒須が隣の檻からぼんやりと見つめている。採取を終えたピヨが地下牢を出ていく。鼻腔への刺激で咳が止まらなくなった乃木に、力ない声で黒須がつぶやく。

「DNA鑑定か。外れたら死ぬしかねえな」

「……」

「もし当たっても、俺がお前を父親もろともぶっ殺す！　こんな道を選んだ自分を後悔させてやる！　覚えとけ!!」

挑発する黒須を相手にせず、乃木は目をつぶり心を鎮める。


夜、乃木家の近所の神社で薫がジャミーンとドラムと一緒にお参りをしている。願うのはもちろん、乃木の無事の帰還だ。

参拝を終え、踵を返すと参道に立つ大きな人影に気がついた。

「野崎さん」

野崎はジャミーンに向かって微笑む。

「退院おめでとう」

しかし、ジャミーンは薫の背中に隠れてしまった。

「ジャミーン、ご挨拶は？」と薫が声をかけても、もじもじしたまま顔を出さない。

「まだ駄目か……」と野崎は少しがっかりした。

参道を並んで歩きながら、野崎が退院祝いに持参した菓子の紙袋を薫に差し出す。

「ありがとうございます」と受け取り、薫は訊ねた。「あの、乃木さんの情報は？」

野崎は首を横に振る。「行方不明のままだ。何かわかったらすぐ連絡する」

悲しげに表情を曇らせ、薫はうつむいた。


勝手知ったるという感じで乃木家の食卓でお茶を淹れる薫に、野崎が言った。

「本当にここに住むんだな」

野崎の前にお茶を置き、薫はうなずく。

「いなくなる前に家の権利も全部私に預けてくれたってことは……もしまた会えるとしたら、きっとこの家に帰ってくる。そういう意味じゃないかって……」

無理に笑ってみせる薫がいたたまれず、野崎はジャミーンとソファに並んで座っているドラムへと視線を移した。

「……ドラム、ここで暮らすのか？」

首を横に振るドラムに、「え、違うの？」と薫が驚く。「ジャミーンも安心するのに」

ドラムは顔を赤くしてスマホに文字を打ち、薫に向けた。

「薫さん、好き……」

「え？」

ドラムは慌ててさらに文字を打つ。

「薫さん、好き。ジャミーン、乃木さん、みんな好き。薫さんと住んでるところ、乃木さん帰ってきたら、なんて言えばいいの？　野崎さん」

ドラムの気持ちを感じ、薫の心が温かくなる。

「ウチに住むか」

野崎がボソッと言うと、ドラムは何度も強くうなずく。そんなドラムに薫と野崎は顔を見合わせ、微笑んだ。

ＤＮＡ鑑定の結果が出た。バトラカから渡された封筒をしばらく見つめ、ベキはゲルを出た。向かったのは地下牢だ。ノコル、バトラカ、ピヨもあとに続く。

檻の前に立つと、ベキは乃木に封筒をかかげる。

「息子でなければ殺してかまわない。そう言ったな」

ピヨが乃木に銃を向ける。

「はい……」

ベキはおもむろに封筒を開ける。その場にいる全員の視線がベキの手もとに集中する中、ベキは検査結果が記された紙を取り出し、ゆっくりと目を通す。

「……」

思いが込み上げ、ベキは目をつぶる。脳裏には生き別れたときの、三歳の憂助の姿がよみがえっている。

震えるベキの手から紙が床に落ちた。

大きく記された『99・9％』という数字に一同は息を呑む。

「よく……よく……生きていた……」

父の震える声を聞き、乃木の目にも涙が浮かぶ。

ベキは乃木に歩み寄り、愛しげにその頬に触れる。

「お父さん……」

息子への思いで胸が張り裂けそうになる一方で、仲間たちを裏切った乃木の行為を容認することができない自分もいる。

葛藤の末、ベキは乃木の頬から手を離した。

「……？」

抱きしめたい思いをグッとこらえ、ベキは乃木に背を向けた。そのまま振り返ることなく地下牢を出ていく。

「……お父さん……どうして……？」

　ベキの姿が消えた通路の向こうを乃木は見つめつづける。

　そんな乃木をにらみながら、ノコルは言った。

「連れてけ！」

　身構える乃木をよそに、マタとシチは黒須の檻へと入る。

「何をする！」

　抵抗する黒須を力ずくで引きずり出した。

「俺だけを殺すのか？　息子だから許されんのか!!」

「うるさい、黙れ！」とシチが黒須を押さえつける。

「離せ！　あいつを殺すまでは死ねない！　ふざけるなー!!」

　マタとシチに抗う黒須を見ながら、ノコルが乃木へと顔を寄せる。

「あいつがいると何かと鬱陶しいだろ？」

「……」

「なあ……兄弟」

　皮肉っぽくそう言うと、ノコルは地下牢を出ていく。そのあとをマタとシチ、そしてピヨが三人がかりで黒須を連行していく。

外に出た途端、冷静を装っていたノコルの表情が一変した。

突然、自分の地位を脅かす者が現れたのだ。

乃木憂助は日本人で腕が立ち、頭も切れる。何よりベキの本当の息子だ。

もし、ベキが自分よりも乃木を可愛がるようになったら……。

そんなことにはならないと否定すればするほど、不安は大きくなっていく。


草原の果てにある小高い丘に、ベキがひとり佇んでいる。

手にした家族写真を見つめ、「明美」とつぶやく。

「……憂助が生きていた……生きていたんだ」

こみ上げる感情を押し殺したベキの頬には、ひとすじの涙がつたっていた。

※

ベキと血のつながった親子であることが証明され、清潔な衣服が支給されるなど待遇は改善されたが、一週間が経過してもなお乃木は地下牢に幽閉されたままだ。その後、ベキは乃木に会おうとはしなかった。

乃木はただ待つしかなかった。

「黒須の経過は聞いてますか?」

空になった隣の檻に目をやり、乃木がマタに訊ねた。

「持ち直したよ。もう安心だ」

「そうですか。よかった」

通路のほうから足音が聞こえてきて、マタが直立不動の姿勢をとる。やって来たのはノコルだった。その後ろからピヨとシチがデスクを運んできた。

ノコルは乃木の前に立ち、言った。

「……お前の力を示せ」と手にしたノートパソコンをデスクに置く。

「中に入れろ」とピヨがマタとシチに指示を出す。

ふたりが扉を開け、デスクとパソコンを乃木の檻へと運び入れる。

「……」

ノコルとピヨが去り、乃木はパソコンを起ち上げた。与えられたのはIQテストのほか、語学、経済学、工学などさまざまな知識を求める問題だった。

ベキに試されている……?

乃木は一心不乱に難問を解きはじめた。

ノコルが持参した乃木のテスト結果をベキとバトラカが見ている。

『ＩＱ１３７……』と記された数値にバトラカが感嘆の声を漏らす。ほかの分野のテストに関しても特Ａの評価がずらりと並んでいる。

「どの分野でも私では太刀打ちできないほどの知能を持っています。このまま牢に入れておくつもりですか？　血のつながったご子息を……」

ノコルが試すようにベキをうかがう。

にらむようにテスト結果を見つめていたベキが重い口を開いた。

「……仲間を裏切り、殺し、ここに来た。いくら息子だとはいえ……」

その目に悲しみが宿っているのを見て、ノコルは複雑な思いになる。

しかし、顔を上げたベキの表情は一変していた。

「だが、ここ半年が勝負時！　ほかに代えがたい能力ならば利用する」

「はい……」

ノコルは自分の思いを呑み込み、ベキに頭を下げた。

ベキの指示に従い、バトラカは乃木にあるデータを渡した。それはこの一年の『テント』の収支内訳書だった。幹部しか知り得ない裏帳簿だ。

総売上は約七億三八七〇億ドル。主たる収入は『モニター』からの誤送金とテロ活動の報酬だった。

要するに、『テント』にとってテロ活動は単なる仕事にすぎなかったということか。しかも公になったテロ活動以外にもサイバー攻撃や要人の暗殺、誘拐などさまざまな犯罪行為で報酬を得ている。合算すれば、むしろテロよりもそちらのほうが多いくらいだ。

帳簿を見ながら乃木は考える。

得体の知れない謎の組織『テント』――そのすべての目的は金⁉　だから『テント』の活動には主義主張が見えず、犯行声明も出さなかった……。

だが、これだけのことが行われながら、経費の中に軍事に関する部分が見当たらない。武器の調達、実行部隊の訓練などで莫大な費用がかかるはず……。

一体、どうなっているんだ。この組織は……？

翌日の朝、牢を出された乃木は頭巾で視界をふさがれ、車に乗せられた。六時間近い長距離移動のあと、車から降ろされ、ようやく頭巾が外される。

視界が開けたと同時に耳をつんざくような銃声に襲われた。

「！」

だだっ広い平地に軍服姿の兵士たちが一列に横たわり、はるか遠方の的に向かってライフルを撃っている。

軍事演習場……。

目の前で繰り広げられる訓練を眺める乃木の横に立ち、バトラカが言った。

「あなたが感じた疑問の答えです」

バトラカの視線を追うと演習場を区切るフェンスに看板がかけられていた。看板には『ＰＭＳＣ　Ｙ２Ｋ』と記されている。

プライベートミリタリー・アンド・セキュリティカンパニー……民間軍事会社！

「代表は私が務めています」

「！」

「日本じゃあり得ないでしょうが、バルカでは政府が民間の軍事力を頼っています」

「……実際に政府から仕事の依頼を？」

「はい」とバトラカはうなずいた。「災害、紛争のときなども要請が出ます」

「その裏でテロなどの依頼も受けているんですか？」

「この軍事会社が受注するわけではありません」

そう言ってバトラカは歩きだした。

木造の建物の裏手には小さな林があり、ゲリラ戦の訓練場として水を張った堀やら多くの障害物が設えられていた。

教官の厳しい叱責の声が飛ぶなか、多くの兵士たちが泥にまみれている。

訓練を眺めながらバトラカが言った。

「ここにいるような才能ある優秀な兵士を見極め、引き抜き、『テント』の仕事をさせるんです。あなたの『別班』と一緒ですよ」

そういうことか……。

「兵士の徴収、訓練、武器購入……すべてこの軍事会社の収益から出しているということですか?」

「はい」

『テント』が作り上げた画期的なシステムに乃木は驚いた。

しかし、不可解な謎はまだ二つ残っている。

地下牢に戻された乃木はパソコンを開き、ふたたび帳簿を吟味していく。

『テント』の総売上七億三八七〇万ドルに対し、総支出は一億四〇九〇万ドル。謎の一つはその差額五億九七八〇万ドルの行方だ。どこかに預け入れされた記録も、翌年に繰り越しているような記録も残っていない。消えた五億九七八〇万ドルは一体どこへ……？

二つ目は幹部たちへの報酬だ。ベキ名義で二千二百万ドル。ノコル、バトラカ、ピヨたちにもほぼ同様の金額が振り分けられて総額約八千万ドル。巨大組織の幹部報酬だとしても、あまりにもケタ外れの額だ。

翌日、乃木はふたたび頭巾をかぶせられ、外に出された。今回は複数の車で三時間近く移動。着いた先で耳にしたのは、昨日とは真逆の音。うれしそうな子供たちの声だった。子供たちは盛んに「ベキ」「ベキ」「ベキ」と呼んでいる。

頭巾が外され、乃木はノコル、バトラカ、ピヨ、マタ、シチが同行していたことを知った。皆の視線の先には子供たちに囲まれ、満面に笑みをたたえるベキの姿があった。見たことのないベキの優しく穏やかな表情に、乃木は衝撃を受ける。

バトラカが隣に立ち、言った。

「ベキ名義の支出二千二百万ドル、あの金はこのような児童養護施設の運営費に充てられたものです」

「児童養護施設？」

「四つの民族が争った内乱で、バルカは親を亡くした子供たちであふれ返りました。ベキはその子らを救うため、複数の孤児院を創設したんです。内乱が終結して十九年、今では孤児の数も減少しましたが、ご承知のとおり今度は格差社会が急激に広がりました。バルカの人口の多くを占めるのが貧困層。その子供たちはろくな食事も教育も与えられません。今はそうした子供たちのために使われています」

「！……では、ほかの幹部も含めた総額八千万ドルは？」

「すべて子供たちのために使われています。私の施設も十以上はありますから。しかし、その八千万ドルも今は逼迫してきましてね」

「逼迫？」

「今日もあちらの児童養護施設でちょっとした問題が起きまして」とバトラカは奥の建物を目で示す。「ベキも話をしにわざわざここまで」

　乃木はその建物へと目を向ける。

　バトラカに連れていかれたのは児童養護施設の食堂だった。子供たちが昼食の列に並ぶなか、ベキとノコルが管理責任者の日系人ヤスダの訴えを聞いている。

「安い業者を探して栄養不足にならないよう気をつけていますが、このまま食材の高騰が続けば、手に負えません。最後は子供たちの食事を減らすしかないのです」

給仕をしている少年が手を止め、ヤスダの話に耳をかたむけている。その様子に気づいたノコルがヤスダに言った。

「おい、子供たちが気にするだろ。日本語にしてくれ」

「も、申し訳ありません」とヤスダが慌てて日本語で返す。

「早い話、現状ではまかなえないということだな」

「……はい」

「だがなあ、俺の施設ではそんな話出てこないぞ」

「！　ここは育ち盛りの中高生がほとんどです。それによく食べる子も多くて」

納得していないノコルにヤスダが言った。

「もしお疑いなら帳簿を確認してください」

ノコルがうかがうとベキはうなずいた。ヤスダがふたりを連れ、食堂を出ていく。

乃木はご飯がよそわれたプラスチック製の茶碗を手に取った。しげしげと眺め、感心したようにつぶやく。

「……バルカでこんなに良質なうるち米が」

「ベキが子供たちのためにわざわざ日本から取り寄せているので」とシチが説明する。

「！……ほかの施設でも同じように？」

「もちろん」と今度はマタが自慢げにうなずく。「『テント』が管理している施設、すべてがそうです」

「本当は政府がやってくれりゃいいんですけどねえ。そういうことに興味ねえのが、この国のお偉いさんだから」

シチの愚痴を聞きながら、乃木は何げなく空の茶碗を持ち上げる。

「何してんですか？」とマタに訊かれ、「あ、すみません」とすぐにもとに戻した時、ベキたちが事務所から戻ってきた。ヤスダはしつこくふたりに訴えている。

「そういうわけで食材の高騰が収まるまで、お米をもう少し増やしていただけませんでしょうか」

ノコルがタブレットで在庫を確認し、言った。

「ひとりにつき一日三食分、４５０グラムの米は確保しているだろう」

「はい。普段ならそれで十分なんですが、肉類や野菜を減らしはじめると、育ち盛りなのに体重を減らしはじめる子供たちが増えてしまって……」

話を聞きながら、乃木はじっとヤスダを見つめる。

「米はどれほど必要だ?」とベキが訊ねた。

「ひとり一日当たり150グラムほど増やしていただければ……」

「わかった。次回の分から配給を増やす」

「ありがとうございます! これで子供たちも――」

「お待ちください」と乃木がヤスダをさえぎった。

ノコルがムッとした顔で乃木を振り向く。「なんだ?」

「ひとり当たり三食でお米450グラムと聞きました。一食当たり150グラムということですよね」と乃木がヤスダに確認する。

「……そうですが、それが何か?」

乃木はテーブルに並べられているご飯茶碗を一つ手に取った。

「390グラム。茶碗が90グラムなので、引くとご飯は300グラム」

テーブルに戻し、今度は隣の茶碗を手に取った。

「295グラム……」

ヤスダは怪訝そうな顔で乃木に言う。

「炊いたあとだ。重さが変わるのは当然でしょ」

乃木はヤスダの言葉を無視し、さらに別の茶碗を手に取る。

「305グラム……」

不思議そうに乃木の行動を見守っていたバトラカが訊ねた。

「それで重さがわかるんですか？」

「はい。特技と言いますか、手に持つとわかるんです」

乃木の考えを推し量るように、ベキがじっと見つめている。

意味不明な言動に苛立ち、ノコルが声を荒らげた。

「だからなんだというんだ！」

乃木がベキへと視線を移し、ベキがシチに指示する。

「秤を持ってこい」

すぐにシチは厨房に向かった。


計量皿にラップが敷かれた秤に乃木が茶碗のご飯を一杯分ずつ載せていく。300グラム、295グラム、305グラム……いずれも乃木の言ったとおりだ。

「すべてピッタリです」とピヨが告げる。

一同が驚くなか、乃木が言った。

「ほかのもランダムに十杯選んで量ってください」

マタとシチが量り、ピヨがその数値をメモっていく。すべて量り終わると、乃木はピヨからメモを受け取る。すばやく計算して、口を開いた。

「ベキが仕入れられている栄養価の高いうるち米は、炊くと重さが2.2倍になります。150グラムのお米を炊いた場合、約330グラムのご飯になるのが通常です……しかし、ここのご飯は平均300グラム程度」

「!……」

「30グラム足りませんよ」

ヤスダの顔色が変わった。

「そ、それは……」

口ごもるヤスダに乃木がさらに訊ねる。

「ここの子供は全部で何人ですか?」

ヤスダに代わってバトラカが答える。

「……二〇四人」

「職員は?」

「十一人」

「合計二一五人。215×300グラムは64キロと500グラム。炊いたご飯は余っていますか？」

今度はピヨが答えた。「すべて配り終わってる」

「ということは、炊く前の米は64500グラム。割る2.2。約29キロ。あなたが言うようにひとり150グラムの米を使用していたら、150グラム×215人で32キロになるはずですが……おかしいですよね？　3キロ足りません」

顔面蒼白のヤスダを乃木はさらに追い詰めていく。

「毎食3キロ。一日三食で9キロ。一か月で270キロ。一年で約3.2トン！　売りさばけばそれなりの金額になります」

「……い、言いがかりだ！」

すぐさまノコルが指示する。

「倉庫を調べろ」

マタとシチが駆け足で食堂を出ていき、バトラカもあとを追う。

「お待ちください！」

焦ったように叫ぶヤスダに、ベキが冷たく言った。

「言いがかりかどうか、すぐにすべてが明らかになる」

マタとシチが倉庫の扉を開け、バトラカが中へと入っていく。

米袋が積み重なったその奥にトラックシートに包まれた一角があった。バトラカがシートをはがすと、『輸出分』という紙が貼られた米袋が積まれていた。

「ご子息の言うとおりだ……」

マタとシチ、そしてピヨにヤスダが連行されていく。

「処分はどういたしますか？」

バトラカが訊ね、ベキはノコルを見た。

「財産没収、国外追放でいかがでしょうか？」

それでいいとベキがうなずく。「子供たちには病気で辞めたと伝えておきなさい」

ノコルとバトラカは一礼し、食堂を出ていく。

ベキはゆっくりとテーブルに歩み寄り、ご飯茶碗を手に取った。重さを確かめるように上下させ、乃木に訊ねる。

「誤差はどれぐらいなんだ？」

「一キロにつき十グラム程度です」

乃木の答えを聞き、ベキは考える。

憂助は手にした物の重さを瞬時に量ることができる。別班員ということは武器のスペシャリストだ。当然、銃の重さも把握しているだろうし、持った瞬間に弾が何発装填されているかもわかるだろう。

つまり、仲間を撃てと自分が渡した銃に弾が入っていなかったことを憂助は知っていたのだ。交換されたノコルの銃も軽かったが、弾倉が空かどうかまでは判断できなかった。それで手が震えた芝居をして、わざと一発目を外した――。

ということは、憂助は『別班』の任務で自分に近づいたのかもしれない……。

仲間を裏切っていないのなら、信頼に足る男だということになる。

「そうか……」

ベキの顔にうっすらと笑みが浮かぶのを、乃木が怪訝そうに見つめる。

戸口に立ち止まって聞き耳を立てていたノコルは、乃木に対するベキの感情が変わったのを敏感に察した。

アジトに帰ってしばらくして、乃木はふたたび地下牢から外に出された。いつもノコルが身に着けているような服に着替えさせられてから、マタとシチに連れていかれたのはこぢんまりしたゲルだった。

奥のほうに簡易ベッドが置かれ、片隅にはパソコンが載ったデスクもある。

「ユウスケさんをお連れしました」

中にはベキとノコルが待っていた。ノコルは乃木が自分と同じ衣装を着ているのを見て、ショックを受ける。違うのは帯の色だけだ。

ベキは乃木に歩み寄り、微笑む。

初めて見せる笑顔だった。

「今日からここがお前の部屋だ」

「!」

「お前が生まれたのは一九八一年一月二十五日。今年で四十二歳になる。ノコルより七歳年上だ」

何を言わんとするのか、乃木とノコルがベキをうかがう。

「ノコルは血のつながりはないが、れっきとした私の息子だ。お前たちは兄弟。憂助は長男。ノコルは次男」

「!」

ベキはノコルへと顔を向け、言った。

「お前の会社で兄を働かせなさい」

ベキの発言に驚く乃木とノコル。

「ノコル、兄弟で助け合っていくんだ」

「……はい」

ベキは乃木に向き直り、その肩に手を置いた。息子にふたたび触れることができて、感情がたかぶりそうになる。肩を強く抱き、言った。

「……お前の力を見せてくれ、ユウスケ」

「!!」

お父さん……。

ベキは手を離し、ゲルを出ていく。

名残惜しげにその後ろ姿を見送る乃木の横顔をノコルがじっと見つめる。その目には、憎しみとも嫉妬とも言えない複雑な感情が浮かんでいる。

9

こいつが兄？　助け合うだと……。

ようやく振り返った乃木に、ノコルはどんな顔をすればいいのかわからない。胸の奥に燻るひどくねじくれた感情を読まれたくはなかった。

「バトラカさんが民間軍事会社を任されているように、あなたも会社の経営を任されているんですか？」

「また連絡する。話はそのときだ」と質問には答えず、ノコルは乃木のゲルを出た。

二日後、ノコルに呼び出され、乃木は首都・クーダンにある国会議事堂前広場のベンチに座っていた。ゲルを出てからずっと見張りがふたりついている。今は、後方と前方に分かれ見張られている。ベキから息子と認められたとはいえ、全面的に信用されているわけではなさそうだ。

時を告げる音楽が流れ、乃木は腕時計に目をやった。ちょうど十三時。約束は十二時半だったのだが、すでに三十分が経過している。

　と、前方の見張りがこちらに向かって歩きだした。さりげなく乃木にメモを渡し、そのまま去っていく。

『南側の十五階建ての黒いビルがノコルの会社です。そこの最上階に行ってください』

　メモを読み、乃木はその黒いビルへと視線を移す。ちょうどＧＦＬ社の向かい側だ。ビルの壁面には『ムルーデル』と社名が記されている。

　たしか『ムルーデル』は『夢』という意味だったはずだ。

　夢か……。

　社名をつけたのがベキなのかノコルなのかはわからないが、どんな思いを込めたのだろう……そんなことを考えながら、乃木はベンチを立った。


　指定されたのは大勢の社員がいる大きなフロアで、その中央に社長室があるという変わった造りになっている。そこに、ノコルとバトラカが待っていた。隅に控えたピヨが乃木にフラッシュメモリを渡し、ノコルが言った。

「この会社で管理している孤児院、児童養護施設の財務記録だ」

「この前見てもらったように、ベキ、ノコル、バトラカ、ピヨの名前がついた施設が各地にあります。記録上はそれぞれが独立していますが、実際はこちらで一括管理、運営しているんです」とバトラカが言い添える。

「人件費、食費、子供たちの留学費用などを隅から隅まで見直し、一ドルでも多く浮かせろ」

「コストカット案を作成しろ……と?」と乃木がノコルの指示を確認する。

「不満か? 地味だが大事な仕事だろ。成果は逐一確認する」

「目標金額は……」

「話は以上だ」とノコルは乃木の質問をさえぎった。「頼んだぞ」

しかし、乃木はフロアで働く大勢の社員たちを見つめ動かない。

「……なんだ?」

「これだけの従業員を抱えて、行っているのは孤児院や施設の運営だけですか?」

社名が記されているということは、このビル全体がムルーデル社関連の部署で占められているのだろう。ということは、相当な人員が働いていることになる。

「……お前が知る必要はない」

「ですが、兄弟で協力しろとお父さ――」

「お父さんの言うとおり、ともに歩んでいきたいと思っているよ」とノコルがさえぎる。

「使える兄なら、まずは結果を出せ」

「では、ここ十年間のムルーデルの損益計算書をいただけませんか？　経費削減案を作成するためには、これまでの財務状況の変遷の把握が必要になります」

「いらねえだろ」とノコルはにべもなく拒絶する。

　そんなふたりの様子をバトラカが思案げに見守っている。


　適切な治療のおかげでかなり体調を回復した黒須は、ふたたび地下牢へと戻された。とはいえ、こざっぱりした服を与えられ、手錠も外されたままだ。

　牢を出ていこうとするシチに黒須が訊ねた。

「手錠はいいのか？」

「必要ないってよ。ベキの指示だ。よかったな」

「……あいつは？」

「きれいなゲルが与えられ、ベキのために働いてるよ」

　乃木の境遇を知り、たちまち黒須の目に怒りの炎が燃え上がる。

自分のゲルに戻ると、乃木はさっそく与えられた孤児院の財務記録をパソコンで開いた。ざっと目を通したとき、バトラカがやって来た。

「これを」と渡してきたのは小型SSDだった。

「?」

「ムルーデル、過去十年の損益計算書です」

「……いいんですか?」と乃木がうかがう。

「くれぐれも内密にお願いします。マタにも見せてはいけません」

「……どうしてこれを?」

「ノコルはああ言いましたが、ベキがお渡ししていいと」

「!……」

バトラカが去り、乃木はさっそくデータを開いた。最初に昨年度の収支内訳が表示される。乃木は収入面から確認していく。

資源開発二億一千万ドル、インフラ整備一億二千万ドル、牧畜経営八千万ドル……大きな事業はその三つだが、ほかにもかなり多岐にわたる事業展開をしている。丸菱商事のような総合商社と考えてもいいだろう。

それらを合計した総売上は五億九七八〇万ドル……。

待てよ……。

乃木は『テント』の裏帳簿を別ウインドウで開き、確認する。

やはりそうだ。『テント』の行き先不明となっていた額と全く一緒！　この金がマネーロンダリングされ、ムルーデルの儲けに丸々変えられているのか……。

支出を見ると、驚くべきことに人件費、オフィスの家賃、光熱費、その他諸経費以外のすべてが土地購入に使われていた。

紐づけされたファイルを開くと、荒廃した土地の画像が現れた。

莫大な利益をこの何もない土地に……。

過去のデータをさかのぼっていくと二年前、三年前と同様の土地購入の記録があるが、四年以上前には記録がない。

土地購入を始めたのは三年前から……大規模なテロ活動が始まり、世界各国の諜報機関が『テント』をマークしはじめたのと同じ時期だ。

つまり、土地購入のために巨額の資金が必要になって、大規模テロを請け負うようになったということか……。

乃木は土地購入の詳細なデータを確認していく。

一年目スプーケ地区、二年目ヤマノフ地区、三年目イイダカ地区……すべてが北西部の土地。マップ上では一年ごとに購入された土地の区域が赤色で染められ、まだ一か所大きな空白があるが、それ以外はほぼ赤色に染められムルーデルの土地になっている。買い占めが完了すれば、国土のおよそ十分の一になるだろう。

二束三文の広大な土地を買い占め、一体何を計画してるんだ?

軍事基地の建設か……?

その後、数日にわたって購入された土地の近辺の情報をかき集めて調べ尽くしたが、その目的はつかめなかった。

※

会議用ゲルの大テーブルに料理の皿が並んでいる。どれもバルカの家庭料理だ。中央上座にベキがつき、その斜め前にバトラカが座っている。

「お待たせしました」とノコルがピヨとともに入ってきた。

「ああ」

ベキにうながされ、ノコルが左隣に座る。と、いつもバトラカが座っている右隣の席が空いているのに気づき、怪訝そうに見た。

そこに乃木がやって来た。

「座れ」とベキが隣の空席にうながす。

ゆっくりと席につく乃木をノコルがにらみつけるように見つめている。

「このような場にお誘いいただけるとは……」

感謝を告げる乃木の目がノコルの強い視線と交錯した。

そこに、「失礼します」と大皿を手にしたマタが入ってきた。

「どうした？」とノコルが訊ねる。

「ユウスケ様が作った赤い米料理をお持ちしました」

「赤い米？」

マタが運んできた大皿を見て、「おお！」とベキが顔をほころばせた。

「お赤飯か！」

父の弾んだ声に乃木はうれしくなる。

「はい！　今朝、バトラカさんから夕食に誘っていただけるとうかがいまして」

そのとき、料理が得意なら何か日本料理を作って差し上げたらどうかとバトラカに水を向けられたのだ。

「倉庫にもち米によく似たお米と小豆のような豆がありましたので、朝から八時間かけて作りました」

「……ありがとう」

ベキはふっくら炊きあがった赤飯を箸に取り、しばし見つめる。そして、おもむろに口に運んだ。じっくりと味わい、感極まったように目をつぶる。

「はぁ……うまい……」

その目の端に涙がにじんでいく。

「バルカに来て四十年……つくづく私は日本人だな」

そんな父の様子に、思わず乃木は笑みを漏らす。

苛立ったようにノコルが言った。

「何を笑っている」

「すみません」

乃木はベキの姿に薫を重ねていたのだ。

「お父さんと同じように、お赤飯を食べて喜んでいた知人を思い出してしまい……」

微笑みながらバトラカが言った。

「ベキは『テント』をつくってから一度も日本に戻られていない。喜びも格別でしょう」

乃木が笑みを返し、ノコルは疎外感に包まれる。

さらに二口ほど食べ、ベキが語りはじめる。

「私の知る日本は……友人、隣人を大切にし、助け合いの心を持つ慈しみ深い国だった」

突然その表情が陰り、力が抜けたようにベキは赤飯を見つめる。

愛だけでも憎しみだけでもない、複雑に絡み合った祖国への思いが一気にあふれそうになる。そんな父親の様子を乃木がうかがっている。

話を変えるようにベキは明るく言った。

「ほら、お前たちも食べなさい」

ベキ自ら大皿から赤飯を取り分け、みんなに配っていく。

「ノコルも」

差し出された赤飯を、「俺は……」とノコルが断ろうとする。しかし、ベキはノコルをじっと見つめながら差し出した小皿を置こうとはしない。

仕方なく受け取り、ノコルは赤飯を口にした。

想像とは違うもちもちした食感と塩味のなか感じられる米の甘みに、思わず頬がゆるむが、ハッとしたように表情を戻し、「まずい……」とつぶやく。

強がっているのが丸わかりでみんなは笑った。

場の空気が和んだところでベキが言った。

「明日、遠出しないか？　このお赤飯をおにぎりにして持っていこう」

翌日。ベキを乗せた馬が草原を疾駆し、乃木とノコルの馬がそのあとに続く。少し遅れて、バトラカとピヨの馬も駆けていく。

数時間は走っただろうか。ベキは馬を止めた。皆が馬を降り、ベキと並んで歩きだす。

小高い丘を上がりながら、ベキは隣を歩く乃木に言った。

「ユウスケ、我々がどうしてバルカ北西部一帯の土地を買い占めているのか、疑問に思っているんだろ？」

「……はい」

ノコルが険しい顔を乃木に向けた。

「……お前、なぜそれを」

乃木に代わってバトラカが答える。

「ベキが過去の収支報告書のデータを見せるように指示されました」

「！……」

丘の先は地面が割れ、崩れたような崖になっている。

ベキは足を止め、目の前の崖をじっと見つめる。

「三年前……この辺り一帯に大きな地震が起きてな」

「……」

「地盤が割れて、この裂け目ができた」

ベキが口を閉じ、バトラカがあとを継ぐ。

「地震のあと、ノコルの孤児院にいる少年がここに来てしまい、裂け目を覗こうとして足を滑らせ、落下してしまいました」

バトラカは暗い表情で裂け目を見つめる。

「地割れは地下二百メートルの深さまで続いていました。政府にレスキュー隊を要請しましたが、なかなかやってこず……」

ノコル自らがロープを身体にくくりつけ、地割れを降りていった。ピヨとバトラカもあとに続いた。最深部で少年を見つけたが、すでにその身体は冷たくなっていた。

「少年は息をしていませんでした。そのとき、地中奥深くでノコルが見つけたんです」

少年が横たわる地面の一部が光の粒をまき散らしたかのように輝いていたのだ。

「……フローライトでした」

「フローライト……蛍石」

「それも純度九十九%」

驚く乃木にノコルが言った。

「世界でも類を見ない高純度のフローライトだ」

「それから徹底的に調査を行い、ここ一帯に高純度のフローライトが大量に眠っていることがわかりました。政府も他国の企業もまだ気づいていません」

「‼……フローライトをすべて手に入れるために土地の買い占めを?」

「そうだ」とベキが乃木にうなずく。「……採掘すれば世界中の企業がこぞって手を挙げる。莫大な利益が何十年と続き、それは半永久的に孤児たちや貧しい人々に分配されていく……」

「……テロや『モニター』を使った活動で多額のお金を集めていたのは、そのためだったんですか!」

ベキは黙って崖の向こうに延びるバルカの大地を見つめる。

『テント』の真の目的を知り、乃木は尊敬と安堵が入りまじった眼差しをベキに向けた。

そんな乃木を見て、ノコルは複雑な表情になる。

ベキがつぶやく。

「あと少しなんだ」

バトラカが地図を広げ、乃木に渡す。入手済みの地域が赤く囲われている。

「いまだ購入できていない土地はこの一帯だけ。しかし、ここはクーダンから近く、電気も水も通り、フローライトの運搬ベースとなる重要な場所です」

ベキは決意を秘めた口調で言った。

「もうすぐ……すべてが動きだす」

「!!……」

※

その夜、乃木はバトラカのゲルに招かれた。妻のミラが注ぐ馬乳酒で乾杯し、バトラカが口を開いた。

「驚かれましたか?」

「……はい」

「ご子息にベキのお考えを知ってもらうことができて、うれしいです」

「……最後の区画を手に入れる準備は進んでいるのですか?」

バトラカは口を閉じ、難しそうな顔になる。

「やはりクーダンに近いとなると、地価も高く、かなりの金額が必要に？」

バトラカはミラに席を外させてから、言った。

「……三千万ドル。日本円で四十二億です」

「四十二億円……」

「実は所有者の何人かが今年中に買わないのなら来年は三十％値上げすると言ってきまして……。これまでの積立金やコスト削減でどうにか二千万ドルは」

「だから徹底したコストカットを私に」

「ええ」

「しかし、あと一千万ドルとなると」

「値上げを覚悟し、来年に長引かせる手もありますが、何より怖いのが政府や外国企業に高純度のフローライトのことが漏れることです。ですので、早急な用意が必要で……」

「大きな仕事を受けられると？」

「カデル社の石炭処理工場の爆破です」

「!!……」

バトラカはパソコンを起ち上げ、具体的な計画を語っていく。

「この工場は高濃度の汚染物質を周辺地域にまき散らしていましたので爆破も仕方ないと、ベキもお受けされました。しかし、二十四時間フル稼働の工場で、いつ実行してもそれなりの被害者が出てしまいます。何か別の方法があればと考えたのですが……」

画面に表示された爆破計画のシミュレーションを見ながら乃木が訊ねる。

「計画段階から被害想定の計算を……？」

「ベキのお考えです」

「これまでの軍事活動も、すべて一般人の被害を抑えるように最初から計画されていたのですか？」

「もちろんです」

「！……」

乃木はこれまで『テント』が行ったテロ活動の記録を思い起こす。たしかにほかの組織のテロに比べると一般人の被害は極端に少ない。

乃木はしばらく思案し、口を開いた。

「バトラカさん、お父さんとノコルに会わせてもらえませんか？」

翌日、乃木の要請でベキ、ノコル、バトラカ、ピヨが顔をそろえた。

「土地購入に必要な一千万ドル……私なら誰ひとり血を流すことなく集められます」

乃木がそう切り出すと、「どういうことだ!?」とノコルが真っ先に反応する。

「『別班』の機密情報を使います」

「!」

「説明してくれ」

「はい」とベキにうなずき、乃木が語りはじめる。「別班員は大手企業に多く潜入しており、その企業の内部機密、会計情報、業績予想等を別班員で共有できるようになっています。それを利用し、株の信用取引を行います」

ベキはハッとし、バトラカはなるほどとうなずく。いっぽう、ノコルは胡散臭げに、

「信用取引?」と訊ね返す。

株式投資に詳しくないノコルに乃木はわかりやすく説明していく。

「A社の株価が二〇〇〇円とします。それを証券会社から百万株借りて、売るとします」

「ちょっと待て。そんなことできるのか?」

「できるんです。それが信用取引というものです」

「ふーん」

「そうすると二〇〇〇円の株を百万株売るわけですから、二〇〇〇円×百万で計二十億円が手に入ります」

「でも、借りてんだから返さなきゃならないだろ」

「そのとおりです。約束の期日までにA社の株を百万株買って、証券会社に返せばいいんです」

「わかった」とノコルは手を叩いた。「そういうことか。約束の期日までにその株価が下がれば、その分だけ儲けになるというわけか」

「ご名答。例えば約束の期日までにA社の株が一二〇〇円に下がれば、二〇〇〇円引く一二〇〇円で差額は八〇〇円。それが百万株で八億円の儲けです」

誰の手も汚さず、誰も傷つけずに八億……。

乃木があまりにも簡単に言うので、ノコルは言葉を失ってしまう。

「どれほどの金を動かせる？」

ベキの問いに乃木が答える。

「保証金を出せば、三十億までは」

「そんなに……」とノコルがつぶやく。

「証券会社の信用が必要になるだろう」

「はい」と乃木がベキにうなずく。「そこで黒須を使います」

「黒須？」

「『別班』の資金調達の担当でしたので、証券会社の信用があります。私が黒須になり代わって注文します」

思案するベキを見て、ノコルが訊ねる。

「……うまくいくという保証は？」

「ありません」

「ないだと！」

決断し、ベキは乃木を見た。

「ユウスケ……契約は一週間後だ。それまでにできるか？」

「はい」

「……保証金を用意させよう」

慌ててノコルがベキを制する。「待ってください」

「血を流さずに金が集められるなら、言うことはない」

そう言われたらノコルはもう黙るしかない。

「『別班』の機密情報はどこにある？」

「黒須に接触させてください。黒須の遺体は確認されていませんので、機密連絡は続いているはずです」

「……わかった」

ノコル、バトラカ、ピヨ、マタとともに乃木が地下牢へと降りていく。ぐったりと壁にもたれていた黒須が乃木に気づき、身体を起こした。

「久しぶりだな。何をしにきた？」

シチが扉を開け、乃木が檻の中へと入る。

「黒須、力を貸してくれ」

「？」

続いて入ってきたピヨとマタとシチが背後から黒須を取り押さえた。

「何をする気だ、おい！」

暴れる黒須の前に乃木が立ち、懐から取り出したスマホを顔の前にかかげる。顔認証で解除しようとするが、ロックは解除されない。

「……髭か」

黒須の顔は髭で覆われ、すっかり人相が変わっていたのだ。これでは顔認証は反応しない。すぐにマタが麻酔薬を嗅がせる。黒須の身体から力が抜けていく。

横たわった黒須の伸びきった髭を、マタとシチが剃っていく。顔がすっきりしたところでまぶたを開き、テープで留める。

乃木が黒須のスマホを顔にかざすと、今度はしっかり反応した。乃木は黒須の指を使って指紋認証を突破し、『別班』専用のサイトに入る。

「入れました」

「……行くぞ」

ノコルがうながし、一同は地下牢を去っていく。


通信用のゲルへと移動し、乃木は黒須のスマホをパソコンにつないだ。

「出ました！」

パソコン画面に暗号化された情報一覧が現れる。

「日本を中心とした企業の機密内部情報データと、世間に公表されていない不祥事や不正事案のデータです」

その膨大な数に一同は唖然となる。

乃木がパスワードを入力し、情報を一つずつチェックしていく。

「こんなものを……」

国の経済が吹っ飛ぶほどのとんでもない爆弾だ。

絶句するノコルに乃木が言った。

「むやみに公表することはしません。あくまでも『別班』の任務における交渉材料。切り札として保管しています」

情報を吟味していた乃木の手が止まった。

「これを使います。大鳥製薬は糖尿病を抑制する新薬開発で一気に株価を上げましたが、治験の失敗を隠していることが報告されています」

乃木は会社情報から大鳥製薬の株価チャートを表示させる。株価は半年前から急上昇し、一週間前に今年の最高値をつけたばかりだ。

「現在、株価は二一〇〇円。この価格で売り注文をかけ、その後不正をリークします」

乃木は黒須のスマホの証券取引データにアクセスする。利用しているのはハセガワ証券、担当の名前は『西村（にしむら）』だ。

連絡先を確認すると西村の番号が登録されていたので、乃木はスピーカーにしてから発信した。すぐに営業担当らしい明るい声が聞こえてきた。

「お——黒須さん！　ご無沙汰してますー！」

「西村さん、相変わらず元気ですね」

「あれ？　風邪でもひかれましたか？　お声がいつもより」

「ええ、まあ少し」と乃木は空咳をしてみせる。「実は……ちょっとひと勝負かけようと思いまして」

「おぉ！　ひと勝負！」と西村は声を弾ませた。「いいですねえ」

証券会社の手数料は運用する金額のパーセンテージだ。額が大きければ大きいほど手数料も多くなる。大きな勝負は願ったりかなったりなのだ。

「三十億」

しかし、さすがにこの額は想定外だったのか、西村は一瞬言葉に詰まる。

「……三十億」

「保証金すぐ入れるんで、大鳥製薬、二一〇〇円で三十億円分信用売りで」

「大鳥製薬……」

西村はすぐにチャートを確認し、言った。

「上昇気配ですけど……何か情報を握ったんすか？」

「まあ、ちょっとね」

「え、どんな情報？」

「……いや、これ以上は」

「インサイダーじゃないっすよね？」

「まさか！　その心配はないですよ」

「黒須さん、いっつも当ててっからな～。私も乗らせてもらっちゃおうかな」

「どうぞご自由に」

「ありがとうございます！　じゃあ、保証金の確認ができ次第、手配いたしますね」

「お願いします」

乃木が電話を切ると、「おい」とノコルが心配そうに声をかけてきた。

「あんなこと言って大丈夫なのか」

「証券会社の人間が噂を広めれば株価の下落は加速します」

「……」

「夕方のニュースで速報が出るようにリークを行います。明日、朝イチで株価は急落を始めるでしょう」

満足そうにベキがうなずく。

即断即決、乃木のあまりの手際のよさにノコルは嫉妬を禁じえない。

※

西村から三十億円分の売りを入れたとの連絡を確認し、乃木はパソコンから大島製薬の不正情報を複数の協力者にリーク。各新聞社やネットニュースのサイトに第一報が流されるや、その情報はＳＮＳなどを通じて瞬く間に拡散されていく。

乃木がネットで大島製薬の株価を確認すると、市場が閉まったあとでも売買できる私的取引システムで大量の売り注文が出されている。

どうやらうまくいったようだ……。

安堵の表情を見せる乃木に、ベキも微笑む。すかさずノコルがベキに言った。

「万が一の場合も想定し、武装組織との交渉準備も予定どおり進めています」

「それでいい」

翌日の朝、ベキやノコルが見守るなか、乃木は大島製薬の株価をモニターに表示させる。為替レートを確認し、乃木は言った。

「株価が半値まで下がれば十五億円。一〇七〇万ドルの利益となります。想定では二、三日で半値近くまで行くでしょう」

「一日で下がらないのか？」

ノコルの疑問にベキが答える。

「ストップ安だ」

「ストップ安……？」

「行きすぎた暴落を防ぐため、一日の下げ幅に制限があるんです。それに達するとストップ安となって強制的に取引ができなくなる」と乃木がノコルに説明。カレンダーを確認しながら、続ける。

「……」

「今日が水曜だから水、木、金……市場が閉まる土曜までの三日が勝負です」

『8：59』と表示された日本時間の時計を見て、乃木が言った。

「日本市場が間もなく開きます」

ノコルは息を詰めて株式取引の画面を見つめる。

九時になり市場が開いた。大鳥製薬には大量の売り注文が溜まり、なかなか始値がつかない。どういうことだとノコルが乃木を振り返る。

「こちらの思惑どおり一斉に売りに出されています。売りに比べて買いが少なすぎて取引が成立しないんです」

三十分後、ようやく最初の取引が成立したと思ったら、株価は雪崩のように下落しはじめた。同時に黒須の株式口座に表示される利益の数字はどんどん上昇。あっという間に一億円を超え、二億、三億と増えていく。

ノコルの顔は興奮でもう真っ赤だ。

「……もうすぐストップ安です」

そのとき、株価の下落が止まった。

「‼」

「止まったぞ……」

乃木は値幅制限の手前、一六五〇〇円前後を行き来する株価をじっと見つめる。

「おい、どういうことだ⁉」

「そうですね……」

「そうですねじゃないだろ！」

焦りのあまりノコルは声を荒らげた。このまま下落が止まり、逆に上昇してしまうのではと思ったら、恐ろしくなってきたのだ。

タブレットで関連情報を探っていたバトラカが乃木に告げる。

「大鳥製薬がＩＲリリースで不正情報を開示しています。対応の早さを評価する声があるようです。投資家たちが大鳥製薬を見限らなかった可能性が……」

「どうするんだ‼」とノコルが叫ぶ。

ベキの顔にも一瞬不安の影がよぎる。

上にも下にも動かない均衡状態の株価を見つめていた乃木が、やにわに黒須のスマホを手に取った。スピーカーにして西村に電話をかける。

回線がつながり、西村の弾んだ声が聞こえてきた。

「黒須さん、大鳥製薬、下がりましたね！」

「追加の信用売りをお願いします！　現在の価格でかまいません！」

「追加⁉　これ以上下がる確証はありませんよ」

「十億円！」

「じゅ、十億⁉　だ、大丈夫ですか？」

「いいから急げ！　今すぐに！」

「……わ、わかりました」

電話を切った乃木をノコルが憤怒の表情でにらみつける。

「お前……勝手なことを……」

「大鳥製薬の不正は株価の一時の下落で終わるようなもんじゃない！　一度、急落しはじめれば必ず止まらなくなる！」

これは千載一遇のチャンスなのだ。

本来、ストップ安で売れないはずの株をもう一度売るチャンスが巡ってきた。この好機を逃すわけにはいかない！

乃木の迫力にノコルは圧倒されてしまう。

「失敗したときは……わかっているな」

そう言うのが精いっぱいだった。


その後株価はやや反転し、前場は一六八〇円で引けた。食事を終え、通信用ゲルに戻った一同に乃木が告げる。

「市場の昼休みが明け、追加の信用売りに必ず投資家たちが反応します」

しかし、後場が始まっても株価は一六五〇円を切らない。利益の数字も四億二千万円前後を行ったり来たりしている。

横ばいのチャートをにらみ続ける乃木に、ノコルが皮肉っぽく言った。

「お前の思いどおりにはならないようだな」

「……」

「……逃げるなよ」

ノコルをさえぎるように乃木が叫ぶ。

「見てください!!」

突然株価が下がりはじめた。それにともない売り注文が殺到し、株価はすぐにストップ安の一六〇〇円に張りついた。

そのスピードにノコルは呆然となる。

そのまま売り注文が増えつづけ、ストップ安のまま市場が閉まった。口座に表示されている利益は、四億八六一四万七八四七円だった。

一同を振り返り、乃木は言った。

「今日はここまで。明日以降も同様のストップ安が続きます」

「！……」


乃木の予言どおり、翌日も大鳥製薬には売りが集まりストップ安となった。この時点で利益は十二億三千万円弱。金曜日、さらに株価は下がり、利益が十五億円を超えたのを見て、乃木は西村に買い戻しを指示した。

手数料と税金が引かれ、口座の残高は十五億四二八万円。ドル換算で一〇七〇万ドル。

その圧倒的な数字にノコルはぐうの音も出ない。

「……よくやった」

微笑むベキに乃木が小さく頭を下げる。

ノコルは屈辱感にさいなまれながらも、自分にはない乃木の才覚に『テント』の未来に光明が射すのを感じざるをえなかった。

※

会議用ゲルでベキを中心に幹部たちが食事をしている。

「ユウスケ」とベキは隣に座る乃木に声をかけた。

「はい」

「これでフローライトの採掘が動きだす。あらためて礼を言う」

ノコルが立ち上がり、空いた乃木の盃に酒を注ぐ。どういう風の吹き回しかとやや戸惑いながら乃木はそれを受けた。

「……ありがとうございます」

かすかに笑みを返すノコルにベキが微笑む。

「まだまだやらなければならないことはある。これからも兄弟で力を合わせていくんだ」

ノコルと乃木は顔を見合わせた。

「頼んだぞ」

「……はい」とノコルはうなずくも、乃木は黙ったままだ。ノコルが怪訝そうに目を向けたとき、乃木が口を開いた。

「恐れながら……今のままでは力を合わせることなどできません」

その言葉にベキの表情がこわばる。

「……なに？」

バトラカとピヨにも緊張が走る。

「俺の指示を受けるのが嫌だとでも！」

思わず声を荒らげるノコルに乃木が冷静に返す。

「違います」

「……何が不満だ？」

ベキに問われ、乃木は言った。

「僕はたった数日間、『テント』のために力を尽くしたにすぎず、皆さんの積年の歩みを知りません。お父さんとノコルは深い信頼関係で結ばれているとお見受けします。悔しいですが、僕は長い間、あなた方と一緒に過ごすことができませんでした。これから本当の家族となり、おふたりをお支えしていくために、『テント』のこれまでの歴史を教えていただけないでしょうか?」

「うーん……そうだな……」

ベキはしばし思案する。

そう考えるとノコルにも、どういう経緯で息子として育てることになったのかをきちんと話したことはなかった。

「いいだろう。互いを理解するいい機会だ」

「ありがとうございます」

「私のことはどこまで知っている?」

ベキはまず乃木に訊ねた。

「……島根でお生まれになり、警察官になられて母と出会い、結婚されたと叔父からうかがいました」

「生まれ故郷の奥出雲のことは?」

「五回ほど訪ねただけなので」

「……そうか」

うなずき、ベキは語りはじめる。

「奥出雲は古来から米作りとたたらで栄えた地域だ」

「たたら？」とノコルが訊ねる。

「たたらというのは製鉄の手法の一つだ。簡単に言うと、砂鉄と木炭を炉に入れて、空気を送って火力を上げて、砂鉄を溶かし、それを原料に鉄を作る。空気を送るふいごのことを昔はたたらと呼んだんだ」

「……」

「奥出雲の山々は上質な砂鉄が豊富に採れてな。山の中腹を切り崩して砂鉄を採り出し、採り尽くすと今度はそこに棚田を作って稲作を行う……言わば、たたらと米作りが連動して発展していったのだ。特にたたら製鉄の中でも玉鋼(たまはがね)と呼ばれる上質の鋼の製造が盛んだった」

「玉鋼……その鋼がないと日本刀は作れないと聞きました」

「そのとおりだ」とベキが乃木にうなずく。「私が生まれた家はたたら製鉄の御三家の一つだった」

「お父さんの刀も実家で作られた玉鋼で？」と今度はノコルが訊ねる。

「そうだ」

「今も作られているのですか?」

「兄が十五代当主として跡を継いでいる。私は次男。家を継ぐことはできない」

さりげないひと言にノコルは少なからずショックを受ける。

「だからその分、勉強に励むよう言われてな。当時の田舎の名誉職といえば、役所に勤めるか議員になるか警察官になるかだった。私は警察官に興味があった。必死に勉強して、東大に入り、そして警察官になった」

「……」

「警察に入ってしばらくして、お前の母親、明美と出会った」

ベキは乃木を見ながら、語りつづける。

「そして、すぐに結婚の約束をした。私と明美はまず彼女のご両親へ挨拶に行った。そのまま奥出雲にいる両親のもとへ。両家の家族に見守られて出雲大社で式を挙げた。あのときは未来への希望に満ちあふれていた」

ふと懐かしそうに目を細める。

「その後、東京でのふたりの生活が始まった。偶然というべきか運命のいたずらか……息子のお前が日本の裏の諜報部隊に所属していたように、父親の私は表の諜報部隊、公安部外事課に配属された」

　ベキがひと息つくと、ノコルが訊ねた。

「諜報員としての才能がおありだったんですね」

「いや、そうとも思えないが……」

　つぶやき、ベキはふたたび乃木に目をやる。「お前と同じように私もＩＱは１３０以上あった。理由はそれしか考えられない」

　ノコルはまたも打ちのめされる。

「それからバルカの任務に？」と今度は乃木が訊ねた。

「そうだ……」

　そう言ったきり、ベキは黙り込む。

　ここから先は今なお癒えぬ心の傷に触れることになる。ベキ自ら語るのは相当苦痛に違いない。少しでもその負担を減らすべく、バトラカが説明役に回った。

「ご存じのとおりバルカという国は異なる宗教を信仰する四つの民族が暮らす多民族国家です。キリスト教のロシア系、仏教のモンゴル系、社会主義を信奉する中華系、アッラーをあがめるイスラム系……それまでは互いに干渉せず、それぞれの地域で暮らしていましたが、１９７８年、中華系の人間がイスラム教徒を殺した小さな事件を発端に四つの民族が主権を主張しはじめ、バルカの情勢が一気に悪化しました。内戦が起これば、日本への資源の供給もストップしてしまう可能性があります。公安も情勢を見極める必要があったとお聞きしています。そのためにベキはここへ」

バトラカからベキへと視線を移し、乃木が訊ねる。

「農業使節団の一員としてバルカに来られたんですよね？　なぜ外交官として大使館などに配属されなかったのですか？」

心の整理がついたのか、ベキは重い口を開いた。

「武装勢力の内部まで調査する必要があった。外交官では目立ちすぎる。マークされないよう一般人として任務を行う必要があった」

「母は、この任務のことを？」

「公安は秘密裏に任務を遂行する特性上、任務の実態を公安内部でも共有しないことが通例だ。だから私のバルカでの任務は指揮官以外知ることはなかった」

「では」

「いや、バルカに行くと決めたとき、明美にはその話をした。危険をともなう任務だとわかったうえで、明美は私についてきてくれた……」

ベキは束の間、バルカに渡った当初の暮らしに思いを馳せる。最初は言葉も通じず苦労したが、明美は持ち前の明るさですぐに近所の人たちと仲よくなり、自分がこの国にうまく溶け込むのにとても役立ってくれた。

「明美は現地の子供たちに日本語や算数を教えたり、バルカの土地にも馴染(なじ)んでくれた。明美の支えもあって、表向きは農業使節団の技術者として、奥出雲での農作業の経験をもとに荒れ地を畑にするという事業にいそしんだ」

水源を確保するためにいくつも井戸を掘り、河川を工事し、灌漑(かんがい)を進めていった。

「やがて少しずつ作物が根づき……二年が経った頃には緑が一面に広がるまでになった。いつからか私は『ノゴーン・べキ』と呼ばれるようになっていた」

「ノゴーン・べキ……」

「緑の魔術師という意味だ」

村人たちに心からの感謝を込めて『ノゴーン・べキ』と呼ばれた、あの頃ほど幸せだったことはない。そして、そんな幸せのなか……。

「憂助……お前が生まれた」

「……母は……どんな人だったんですか？」

「明美は……笑顔を絶やさない、優しい女性だった……」

亡き妻の笑顔を思い出し、べキの瞳に悲しみが宿っていく。

「……だが……私は、お前と明美を……守ってやれなかった……」

「……」

「憂助が三歳になった頃、イスラム武装組織の動きが活発化しているとの情報を入手した私は、密かにスパイ活動をしていた。だが、情報を知るのが遅かった……その頃、すでに民族間の均衡は崩れ、争いはバルカ全土に拡大していた。武装化した勢力が各地の村を支配するようになっていた。そしてその手は私たちにも伸びていた……」

「なぜ農業使節団の人たちが……?」

「イスラム武装勢力がスパイ狩りを始めたんだ。使節団内に日本の元公安がいると嗅ぎつけたらしい。身辺を調査するため、奴らは誰彼かまわず連れていった。私が捕まれば家族全員殺されてしまう……逃げるしかなかった」

間一髪で妻と息子を救出し、村を出た。

「すぐに公安の仲間に連絡をした。ヘリを飛ばすから指定の場所で待つように言われ、私たちはそこに向かった。それがお前の記憶に残っているものだろう」

乃木は何度も何度も夢に現れた場面を思い出す——。

上空に現れたヘリの機影。

「ここだ！　急げ‼」と叫びながら手を振る父親。

ふいに方向転換し、去っていくヘリ。

「なぜだ？　ああああああ！！！」

絶望的な父の叫び――。

「なぜ、ヘリは引き返したのですか？」

乃木の問いに、ベキは苦しげに顔をゆがめた。

「……見捨てられたんだ」

「!!」

「……仲間は私たちを救出しようと飛行許可証を偽造してまでヘリを飛ばしてくれた。しかし……」とベキは唇を噛む。

「？」

「あとから知ったが、指揮官の命令で引き返すしかなかったそうだ」

「！」

「ヘリが去り、やって来たイスラム武装勢力に私たちは捕らえられた……」

怒りからテーブルに置いたベキの手が震えはじめ、目は血走っている。

脳裏に焼きついている憂助との別れが再生されていく――。

泣き叫ぶ憂助を武装勢力の兵士たちはトラックの荷台へと乗せた。

「どこに連れてくんだ！」

自分に銃を突きつけたまま武装勢力の指揮官が言った。

「殺しはしない。売って金にするだけだ」

明美が声にならない悲鳴をあげる。

「ふざけるな！」

憂助を取り戻そうと卓は必死に抗い、その隙に明美が駆けだした。

「憂助！」

しかし、銃把で頭を殴られ、その場に昏倒する。

「明美‼」

額から血を流した明美を卓は抱きかかえた。

走り去るトラックから憂助の叫び声が聞こえてきた。

「お父さん‼　お母さーん‼」

「ああ……」

腕の中で絶望する明美を、卓は呆然と抱きしめることしかできない――。

「あのときのお前の姿を、私も鮮明に覚えている……」

「お父さん……」

イスラム武装勢力のアジトへと連行された卓と明美は、そこで苛烈な拷問を受けた。満身創痍の状態で鎖につながれた妻に、卓は自分が公安のスパイだということを話してもいいと伝えていたが、明美は頑なに承知しなかった。

「私はあなたを愛しています。あなたを裏切って、離れるわけないでしょ」と。

しかし、一か月も続いた拷問に明美の身体はもたなかった。

ある夜、明美の呼吸が突然乱れはじめた。

「明美？　明美！」

明美の口から力なく息子の名前が漏れる。

「憂助……」

「……」

「必ず……どこかで……生きてる……」

「ああ、憂助は絶対生きてる！」と励ますように卓が声をかける。抱きしめてやりたいが鎖につながれた身体は自由にならない。

「私たちを……待ってる……お願い、憂助を捜して！」

明美は懸命に手を伸ばし、卓の腕を力強くつかんだ。

「わかった！　捜そう！　ここを出て一緒に捜すんだ！」

そう言って、卓は明美の手を握り返す。

明美はふっと微笑んだ。

「私……あなたに会えて幸せだった。憂助と三人で過ごす時間が大好きだった……」

朦朧とした意識のなか、明美は必死に想いを伝える。

「！……しっかりしろ、明美！」

明美を抱きしめようと鎖を引きちぎらんばかりに卓はもがき、枷をはめられた手や足に血がにじんでいく。

「私たち家族を……こんな目に遭わせた奴を……絶対に許さない……」

明美は強く卓を見つめ、言った。

「復讐して。お願い……復讐し……」

伝え終わる前に明美の目は光を失った。

「明美!!　明美――っ！！！」

卓は目に涙を浮かべ、激情を爆発させた。

「あああああ〜〜〜!!」

※

妻との別れを語り終えたベキの目からひと粒の涙がこぼれ落ちる。乃木の胸にも深い悲しみが広がり、目に涙がにじんでいく。

静まり返るゲルの中、バトラカが口を開いた。

「当時、私は武装勢力に雇われ、雑用をさせられていました」

妻を亡くした翌日、絶望する卓はいつものように拷問場に連れていかれた。ぐったりした卓をバトラカがイスに座らせたとき、指揮官のレグが入ってきた。

レグは頭を垂れた卓の顎をつかみ、顔を上げさせる。

「お前の身元を日本に問い合わせた」

「……」

「人質として金でも要求してやろうと思ったが……乃木卓という人間は日本には存在していないらしい」

虚ろな瞳にレグの姿が映っている。しかし、卓は反応しない。

「お前は捨てられたんだ」

そう言うや、レグは卓に向かって発砲した。卓の左胸が赤く染まっていく。卓はイスから滑り落ちるように地面に倒れ、そのまま動かなくなった。

「バトラカ、埋めておけ」

レグが立ち去り、虚空を見つめていた卓の目がゆっくりと閉じられる。

バトラカの話を一同は息を詰めて聞き入っている。

「……あまりにも可哀想なので、手厚く埋葬してあげようとベキを運び出そうとしたとき、まだ息があることに気づきました。とても怖かったのですが、イスラムの連中の隙を見て、ベキを家に連れて帰ったんです。弾丸は心臓横の肋骨の間を貫通し、奇跡的に致命傷には至っていませんでした」

「……」

ベキはバトラカに目をやり、言った。

「治療を受け、食事を恵んでもらい、私は生き延びた。バトラカは私の恩人だ」

バトラカは小さく首を横に振る。

ベキは乃木に視線を移し、言った。

「捜したんだ……」

「！」

「明美との約束を守るため……お前を捜しつづけた」

「……」

「ありとあらゆる人間に日本人の子供を知らないか訪ね歩いた。憂助はどこかで生きている。私と明美が迎えにくるのを待っている……そう信じつづけ、何年も……。だが、捜しつづけて四年目に、内乱により荒らされている集落で憂助らしき子供の情報が入った……」

日本人の男の子で年齢は六歳くらい。四年ほど前に奴隷としてミラバのほうから連れてこられたという。ミラバは自分たちが暮らしていた村のすぐ近くだ。

「憂助だ！」と卓は色めき立ったが、その子はすでに亡くなっていた……。

その事実を知った卓はその場で地べたにうずくまり号泣した。

愛する妻ばかりか息子までも失ってしまった……。

抜け殻のようになって村に戻った卓は、心を閉ざし、バトラカやミラとも口をきこうとしなかった。それでもバトラカは毎日、パンを卓の家に運んだ。

ある日の夜、後頭部に当たる銃の感触に卓が振り向くと、月明かりに機関銃を手にした少年の姿が浮かび上がっていた。

「……いいぞ、殺しても」

少年は銃を突きつけたままあらぬ方向を見ている。卓が目線を追うと、食卓に置かれたパンに目が釘づけになっていた。

「なんだ、腹がへってるのか？」

卓は少年にパンを差し出した。

しかし、少年は動かない。

「食っていいんだぞ？」

ようやく少年は銃を下ろし、パンへと手を伸ばす。しかし、その手はパンをつかむことができなかった。ふらっと身体が揺れたと思ったら、少年はその場で意識を失い倒れた。

「おい！　しっかりしろ！」

卓は少年を抱きかかえ、頬を叩く。少年のまぶたがゆっくりと開き、黒曜石のような瞳が卓を捉えた。

「……おとうと」

「弟？　弟がいるのか？」

「弟に何か食べさせてあげて……」

「……？」

弱々しい笑みを浮かべ、少年はつぶやく。

「ノコルをお願い……」

「……ノコル……弟のノコルだな」

少年はかすかにうなずき、目を閉じた。

卓は少年を床に寝かせると家を出た。月明かりを頼りにあてもなく路地を歩いていると、どこからか赤ん坊の泣き声が聞こえてきた。

使われていない馬小屋の中だ。藁の山の上に毛布に包まれた赤ん坊が置かれていた。

卓は藁に膝をつき、おそるおそる赤ん坊を抱き上げる。

あまりの軽さに、卓はしばらくその場を動けなくなる。

赤ん坊を抱いて家に戻った卓は、床に横たわる少年に声をかけた。

「この子がノコルだな？」

しかし、少年は答えない。さっきまでとは様子が違う。気配がない。卓は慌てて脈をみる。少年はすでに息絶えていた。

「！……」

卓は腕の中の赤ん坊を見つめる。人肌に触れて安心したのか、すっかり泣きやんでいる。兄と同じ黒曜石のような瞳で見つめ返してくる。

運命のあまりの非情さにこらえきれず、卓は嗚咽しながら大粒の涙を流す。そして、腕の中の赤ん坊を強く抱きしめた――。


「ノコルを初めてこの手に抱き上げたとき、小さくて温かくて……憂助の姿が重なった。ノコルに出会えたのは、必然だった」

自分とベキの運命的な出会いを初めて聞かされ、ノコルは衝撃を受けている。

「明美は子供が好きだった……妻も息子も守れなかった私に向かって、『生きて、この子を育てろ』と明美が言っているような気がした。この子を命に代えても守る――そう誓い、私はノコルの父親になった」

ベキの言葉にノコルは胸がいっぱいになる。

もちろん、ベキのことは父親として尊敬しているが、それ以上に『テント』のリーダーとしての姿のほうが馴染み深く、跡を継ぐ者として目指してきた存在だった。

父親としての意識が強くなったのは、実の息子である乃木憂助が現れてからで、心のうちに湧きあがる嫉妬のような感情に戸惑ったりもした。

だからこそ、父親として命に代えても守るという誓いの言葉には、深く心を揺さぶられたのだ。

ベキは、当時のことを思い出していた――。

ノコルとその兄も民族抗争に巻き込まれ家族を失ったのだろう。まだ十歳くらいの少年が乳飲み子のノコルを連れていたということは、どう考えても親は亡くなっている。そして、親を亡くした子供は銃を手に戦いに飛び込むしか生き残る術はない。今のバルカという国はそれほどまでにひどい状況に陥っているのだ。

卓はノコルをバトラカに預けると、かつて自分が暮らしていた村を四年ぶりに訪れた。家の中は荒らされ、金目の物はすべて奪われていた。

ガラスの破片を踏みしめ、足もとを見下ろすと明美と憂助と一緒に撮った写真が床に落ちていた。卓は写真を拾い、愛おしげに見つめる。

隠し戸を開け、緊急避難場所へと入る。さすがにここまでは荒らされていない。保管してあった乃木家代々に伝わる守刀も残されていた。

鞘から抜くと鍛えられた刃が妖しげに光る。剣呑なその光を見ながら、卓は戦いの渦中に身を抛（なげう）つ覚悟を決めた。

「どうでした、家は?」

帰宅した卓にバトラカが訊ねる。その手にはノコルの兄が持っていた機関銃がある。使えるのかどうか確かめていたが、うまく動かないようだ。

卓は答えず、機関銃を渡すようにバトラカに手を差し出した。

工具を使って一度分解し、組み立て直すと機関銃は問題なく動くようになった。

「どうして……」

驚くバトラカに卓は言った。

「あいつらが疑っていたとおり、俺は日本の諜報員だ。銃の扱いは慣れている」

「!」

その頃、バトラカの村にもイスラム武装組織の魔の手は及ぼうとしていた。愛する者を守るためには自分たちが戦うしかないのだ。

バトラカが村の男たちを説き伏せた。村中から壊れた武器をかき集め、それを卓が使えるように修理した。卓の指導のもと徹底的な訓練も行った。

そんななか、射撃訓練で際立った才能を見せた少年がいた。百メートルほど離れた空き缶を百発百中で狙い撃つことができるのだ。それが十二歳のピヨだった。ピヨもまた親を亡くした子供だった。

ピヨという類いまれな狙撃手を得て、自分たちの力でどうにか村を守れるようになると、その噂が広がり、近隣の村からも護衛の依頼がくるようになった。その報酬でさらに武器を充実させ、武装集団としての力を蓄えていった。

とある村をイスラム武装組織から守り、その帰り支度をしていたときだった。薄汚れた身なりの少年が卓のもとへと近づいてきた。

「食べ物……ちょうだい」と、がりがりにやせ細った手を差し出してくる。卓は鞄の中から半分になったパンを取り出し、少年に渡した。

「ありがと」と少年はパンにかぶりつく。

「ごめん。これしかないんだ……」

「……家の人は?」

「みんな死んだ」

あっという間に食べ終わると、少年はもの足りなそうに卓をじっと見る。卓は隣に立つバトラカに言った。

「……もっと依頼を取ってきてくれ」

「……はい」

卓はあらためて少年を見つめる。その姿が亡くなったノコルの兄に、そして成長した憂助に重なって見える。

「……ついてきなさい。一緒に暮らそう」

「！……」

「名前は？」

「……アディエル」——。

ベキの口から出た名前に、乃木は驚く。

「アディエル⁉……ノバク村のアディエルのことですか？」

思わず訊ねていた。

「そうですけど」とバトラカが不思議そうに乃木を見た。「なぜ、あなたがアディエルのことを？」

「彼と娘のジャミーンが、私が砂漠で倒れたところを救ってくれて。彼の家で看病を」

「……そうだったのか」とベキが感慨深げにうなずいた。

「残念ながらザイールの自爆で彼は……」

「知ってる」とノコルが返す。

「ジャミーンは病院から姿を消したが、もしかしてお前が？」

「はい」と乃木がベキにうなずく。「ファロー四徴症という難病を患っていたので日本で手術を。今は向こうで元気に暮らしています」

「そうか、そうか……日本に……よかった」

心から安堵するベキに乃木が訊ねる。

「お父さんとアディエルはそのときから……」

「あいつが大人になるまでノコルと兄弟のように私が育てた。その後、結婚して『テント』には加わらなかったが……」

「ベキはアディエルの結婚祝いに住んでいた家をプレゼントされたんです」とバトラカが言った。

ということは……驚く乃木にベキがうなずく。

「お前が看病を受けたあの家は、お前が生まれた場所だ」

「……え……あの家で僕が……では、お父さんとお母さんはあそこで」

「ああ」

「アディエルのような孤児はたくさんいた。子供たちには生きるための学びの場、そして腹いっぱいにメシが食える場所が必要だった。だから、私はどんな依頼でも受けることにした。金を稼いで……孤児院を造ると決めた」

「……」

「子供たちの未来を守る……それが私の使命だと感じた」

「それで『テント』をつくったんですよね？」とノコルがうかがう。

「そうだ」

「『テント』という呼び名もベキがお考えになったんです」

誇らしげにバトラカが言い、ベキがその意味を説明する。

「日本ではキャンプのときにテントを張るだろう。そのテントのもとには家族や仲間が集まる。大切な人が集まる場所——そんなところにしたかった」

そんなベキに乃木が熱い眼差しを向ける。バトラカが続けた。

「ピヨと私はベキから軍事作戦の立案等を徹底的に教わり、ピヨが十八歳になった頃、彼は軍事の統率者に。私は軍事会社を設立し、今の『テント』の原型をつくったんです。そのおかげで困難な大きな仕事もこなせるようになったんですが、逆に仕事の規模が大きくなればなるほど依頼者は自分たちの存在が明かされるのを恐れて……」

犯行グループとしての証拠か声明を残すことを条件に出されるようになった。莫大な金を払う代わりに、実行犯として警察や諜報機関に追われるリスクは負えということだ。

　声明は無理だが犯行の証拠を残すだけならとベキは受け入れた。マークを現場に残してくれれば、世界中の諜報機関はこのマークの組織を追う。それでバトラカが乃木家の家紋をモチーフにしてマークを作り、それを犯行現場に残すことにしたのだ。

「あのマークにはそんな理由があったんですね」

　納得する乃木にノコルが訊ねる。

「今度は俺がお前に聞きたいことがある」

「はい」

「『テント』は日本でテロや事件を起こしたことは一度もない。なのになぜ、お前ら『別班』は我々を執拗に追うんだ？」

「……世界中の諜報機関で『テント』の最終標的が日本だという情報が流れていたんです」

「！」

「最終標的、日本……」とベキがつぶやく。その様子をノコルが横目でうかがっている。

「事実、『モニター』だった山本、アリさん、ふたりともそう証言しました」

　動揺するベキに、乃木はストレートに訊ねた。

「お父さん……日本を狙われているのですか？」

ノコルはベキを見つめつづける。ベキは重い口を開いた。

「かつて……公安を恨んでいたことは確かだ。潜入を指示しておきながら、邪魔になった途端、私はいとも簡単に切り捨てられ……そのせいで妻は命を落とした。そのとき、日本に激しい怒りを持ったことがどこかで広まり、話が大きくなっていったんだろう……」

そう言葉を切ると、目をノコルに向けつづけた。「だがノコルに出会い、孤児たちのために生きると誓った……この地で必死に生きていくうちに、日本への恨みなどなくなった」

「事実、日本を狙ったテロの依頼もありましたが、ベキはすべて断られました」とバトラカが言い添える。

「……私が母国を狙うわけがない」

「そうでしたか……」

安堵の表情になる乃木をノコルは冷静に観察している。

と、ノコルのスマホに着信が入った。電話を取ったノコルの顔色が変わる。

「え……国土交通大臣が……?」

※

翌日、乃木はノコルに連れられ、国土交通省へと赴いた。ピヨのほか数人のムルーデルの幹部も同行している。

大臣からの急な呼び出しにノコルは不安を隠せない。万が一、フローライトの存在に気づかれたのだとしたら、ひどく厄介なことになる。

廊下の先にノコルと同年代のスーツ姿の男性が立っていた。ノコルが足早に歩み寄り、その男に声をかけた。

「なんで呼び出されたか、わかったか？」

「いや。あらゆるツテを使ったが何も……」と男は首を横に振る。

その様子を見ながら、乃木がピヨに訊ねた。

「あの方は？」

「フローライト採掘の共同出資者、ベレール興産のゴビ社長です。ノコルと同じ小学校の幼馴染みで、親友なんです」

「親友……」

「はい。政府とのつながりがあり、孤児たちのために利益を使っていこうという理念が一致しているので、共同で採掘事業を行うことになりました」

「では、こちらが『テント』だということも……?」

「いえ、それは」とピヨは首を横に振る。

「……」

会議室の長テーブルに並んで座ると、すぐに国土交通大臣のエインと政府高官のアジュンが入ってきた。

「いやあ、お忙しいなかお越しいただき、ありがとうございます」

エインがくだけた口調で一同に声をかけ、対面に座る。隣に座ったアジュンが「さっそくですが」と切り出した。「御社が申請されたスザリア都市開発計画についておうかがいいたします。二〇一九年に御社が事前に申請された内容ですと、工業用途を含む大型地区開発のための土地取得と――」

「面倒な説明は不要でしょう」とエインがさえぎる。

警戒するノコルにズバッと切り込んだ。

黙る乃木とノコル。

「発見されたんですよね?」

「目的は……フローライトですね」

「‼」

動揺を押し隠そうとするノコルの様子を愉しげに眺めながら、エインは続ける。「困りますよ。そういうことはきちんと報告していただかないと」

「……そのお話はどこから？」とピヨが訊ねた。

「政府も専門家を招き入れ、国土のさまざまな調査を進めていますから。シラを切っても無駄ですよ。資料もある」

資料らしきものを手にアジュンが続ける。「三年前からフローライトの眠る北西部一帯の買い占めを開始されていますね」

「採掘には政府の認可が必要です。国から採掘権が与えられないかぎり、フローライトの採掘は不可能！」とエインは語気を強め、「ご存じですよね？」とノコルをうかがう。

「……ええ」

小さくうなずくノコルにエインは言った。

「国は御社に採掘権を与えるつもりはありません」

「‼……」

乃木が心配そうにノコルに目をやる。

「地下資源は国の未来を決める大きな財産ですから」

そう言って、エインはアジュンをうながす。アジュンが本題に入った。

「土地の引き渡し交渉をさせていただきます」

黙ったままのノコルに代わり、ピヨが訊ねる。

「土地をすべて政府に売り渡せと?」

「もちろんそれ相応の額は準備しています」

エインも鷹揚にうなずいてみせる。「ご苦労なさって手に入れたのは十分承知しています。ただ、採掘できなければただの荒れ地ですからね」

「こちらで用意した売却に関する提案書です」

アジュンが書類をノコルの前に滑らせる。しかし、ノコルは見向きもしない。

「エイン大臣」

黙って話を聞いていたゴビが初めて口を開いた。

「何か……?」

「前職大臣からのお引き継ぎは十分にされましたか?」

「なに……?」

ゴビの声音に余裕のようなものを感じ、「?」と乃木が目をやる。

「この国の政治家は相変わらず仕事が雑だ」

ノコルから視線を送られ、ゴビは小さくうなずいた。前もって用意していた書類をエインとアジュンに差し出しながら自己紹介する。

「ベレール興産、代表のゴビです」

「ベレール興産……？」と憮然としながらエインが返す。

「こちらが三年前、弊社で前職のマハル氏と取り交わした許可証になります」

ゴビの言葉にエインは目を見開いた。アジュンが慌てて書類の内容を確認する。もちろん前国土交通大臣のサインもある。

アジュンが小声でエインに告げる。「間違いなく本物です」

「！……バカな」

「そちらにあるとおり、バルカ北西部一帯の採掘権はムルーデル60％、ベレール興産40％の共同出資により取得済みです！」

さっきまでの勝ち誇った様子はどこへやら、エインの顔がみるみる蒼ざめていく。

「まだ何かお話が？」

「……今日のところはこれで失礼する」

エインは屈辱もあらわに立ち上がり、憤怒の表情で会議室を出ていく。アジュンも慌ててあとを追った。

ドアが閉まるや、湧き上がる怒りを抑えながらゴビはノコルを振り向いた。

「……政府側は地質調査で発見したと言っていたが、通常の調査では不可能だ」

ノコルは会議室に残っているスタッフに目をやり、ゴビに注意する。

「日本語で話せ。聞かれるだろ」

「ああ」

「しかし、どこから情報が漏れたんだ」

「ノコル、それが何を意味するかわかってるのか‼」とゴビは声を荒らげた。「ここまでの計画が台無しになるんだぞ！　この段階で政府がフローライトのことを知ったということは、プラント建設や採掘機材の輸入にさまざまな妨害を行ってくる！　それだけじゃない。政府を通じて各国にも知れ渡るぞ！　世界各国がフローライトの利権を狙って、ありとあらゆる手段を使ってくる！」

「‼」

「うちは俺と専務しかフローライトのことを知らない。通信記録はすべて俺が管理している。お前のほうはちゃんとやってるのか⁉」

「当たり前だ！　トップだけの機密事項として厳重に管理してきた。漏れるはずがない」

ゴビは鋭い視線を乃木へと向ける。

「あいつは？……お前が兄弟と言ったあいつには、いつフローライトのことを教えた？」

「二週間ほど前だ……」

「じゃあ、あいつじゃないのか？　これまではどこからも情報が漏れなかった。それが今になって漏れたんだ！」

「……」

「調べろ！　とにかく、次の策を考える前に裏切り者を徹底的に捜して、見つけ出せ！そうしないとこれまでのことがすべて台無しになるぞ！」

激しくテーブルを叩いて立ち上がると、ゴビは乃木をにらみつけてから会議室を出ていく。いっぽう、乃木はそんなゴビを冷静に見送った。

「クソッ！」

怒りを声に出し、ノコルがピヨに言った。

「捜すぞ！　これまでのすべての通信記録を洗い出し、裏切り者を捜すんだ」

すかさず乃木がノコルに言った。「私も手伝います」

「お前はいい」

「……しかし」

「あいつの言うとおりだ。ここまでバレなかったものが、お前が来た途端にバレたんだ」

猜疑心をあらわにするノコルに、乃木は何も言えなくなる。

アジトに戻ったノコルとピヨは幹部たちの通信記録を徹底的に洗った。しかし、不審な痕跡は何も見つからなかった。

「漏洩（ろうえい）などさせたら家族もろとも命がないことくらい幹部ならわかってる！　一体どこから……」

ノコルが苛立ったようにチェックを終えた通信記録を閉じたとき、隣で作業をしていたピヨのパソコンにメールが着信した。

「ノコル！」

「どうした？」

「日本の『モニター』からだ！」

開封したメールをノコルも横から覗き込む。

「!!……」

※

裸電球が一つだけ灯った薄暗い拷問場に、猿ぐつわを噛まされ手首を背中で縛られた黒須がマタとシチによって連行されてきた。地下牢で抵抗し殴られたのか、口もとには血がにじんでいる。

部屋の中央に手足を拘束された乃木が天井からロープで吊るされているのを見て、黒須は愕然とする。

「お前……」

頭を垂れた乃木は失神しているのか、反応しない。

遅れて入ってきたピヨが指示する。「吊るせ」

マタとシチが乃木の隣に黒須を吊るす。ピヨに気つけ薬を嗅がされ、乃木は意識を回復するもまだ朦朧としている。

「起きろ」とピヨが乃木の頬を打つ。

「！」

ふと横を見た乃木は、黒須が自分と同じように吊るされていることに気がついた。

「……黒須」

「……何が起こってる……あんた何かしたのか？」

そこにベキ、ノコル、バトラカがやって来た。ゆっくりと近づくベキに表情はなく、一方、ノコルは蔑むような視線を乃木に這わせる。

「どういうことなんですか……」

かすれ声で訊ねる乃木の頬をノコルが思い切り張った。乾いた音が拷問場に響き、乃木の身体が大きく揺れる。

「政府にフローライトの情報を流したな」

「決してそんなことは……何かの誤解です……」

懸命に否定する乃木をベキがじっと見つめる。

ピヨからタブレットを受け取ったノコルは、それを乃木と黒須に向けた。どこか日本の病院で撮影された動画が再生されている。

カメラがＩＣＵの中へと入り、ベッドにいる患者の姿を映し出す。呼吸器をつけ、横たわっているのは別班員の高田だった。

「！」

映像が別の病院のものへと切り替わり、今度は廣瀬の姿が映し出される。同様に熊谷、和田と映像は続く。

黒須は唖然として乃木を見つめる。

「全員生きていたんだな……」とノコルは憤怒の表情を乃木へと向ける。「お前ほどの奴があの距離でミスするはずがない。急所を外していたんだろう」

「……」

「乃木、さんっ……」

「『別班』を裏切ったと思い込ませ、ベキが父であることを利用し、『テント』に潜入してきたんだろ！　だから、政府にフローライトの土地を売ろうとした！」

「……違います！」

そのとき、ベキが口を開いた。

「ユウスケ……」

そう言ったきり、ベキは黙った。ただじっと乃木の目を見つめつづける。その目を乃木も真っすぐ見返す。

ベキは乃木に問いかけた。

「私に会うためにここに来た。そう言ったな」

「……はい」

「あれは……お前の本心だろ？」

「……」

「私も……お前に会えてよかった」

「……」

「だが、お前は日本の危機を守る『別班』の潜入捜査としてやって来た……そうなんだな?」

「……」

「ユウスケ……もう嘘はやめてくれ」

「……」

「我らをあざむき、『別班』としてここに来た……そうだな!!」

「……」

「ユウスケ!」

きつく結んでいた唇の力を乃木は抜いた。

「……私は……」

次の瞬間、あの痛みに襲われた。頭の中でFが叫ぶ。

『言うな!』

「……私は……」

『やめろ！　言ったら殺されるぞ！』
Ｆを振り切るように乃木が叫ぶ。
「私は！……『別班』の任務でここに来ました」
時が止まった。
一瞬の静寂のあと、ベキが動いた。
バトラカから刀を受け取り、流れるように鞘から抜く。
躊躇することなく息子に向かって、振り上げた。
白い刃がぬらりと光る。

10

「……そうか」

覚悟を決め、乃木が目をつぶった瞬間、ベキは勢いよく刀を振り下ろした。空気を裂く音が鼓膜を震わせる。

「！」

だが、斬られた衝撃も痛みも感じない。と、身体を縛っていた縄がはらりと落ちた。

一同が唖然とするなか、ベキが口を開いた。

「ほどいてあげなさい」

「……どうして？　どうして、お父さん！」

ノコルは信じられぬ思いでベキを見つめる。抑えがたい怒りが湧いてきた。

「実の息子だから助けるんですか？　こいつは裏切り者なんですよ！」

ベキは表情ひとつ変えず、ただ目の前の息子をじっと見つめる。

「すべて承知のうえで……ここまで生かしておいた」

どうして……!?

一同の疑問に答えるべく、ベキは語りはじめる。

児童養護施設で、彼は茶碗に入ったご飯の重さを持っただけで言い当てた。ユウスケは手にした物の重さがわかるのだ。

つまり……。

「あのとき、お前は銃の重さ……わかっていたんだろ？」

地下牢で黒須を殺せとベキに銃を渡されたとき、乃木は瞬時にその銃の重量を己のデータベースから引っ張り出し、手に持った感覚の重量と比較した。

「……渡されたベキの銃はベレッタM92FS。重量970グラム。あの時、手に持った感覚は約970グラム。つまり、弾の重さは加わっていない。銃は空でした」

「空だった⁉」とノコルが驚き、目を見開く。「本当ですか⁉」

ベキは黙ってうなずいた。

「じゃあ俺の銃も……」とノコルが乃木へと顔を向ける。

「ノコルの銃はトカレフTT33。重さは860グラム。でも、持った感じは860から870の間。迷いました。一発入っているか否か……判断がつかなかった。だから一発目は黒須が避けられる位置を狙いました。二発目は一〇〇%空だと自信があったので」

だからこそ、あの時、迷わず黒須の額に銃口を押しつけ、引き金を引いたのだ。

　ノコルはベキに訊ねた。

「それだけで、任務で来たと確信されたのですか?」

「バトラカに、ユウスケに撃たれた四人の『別班』の消息を調べさせた」

「!……」

　乃木がバトラカへと顔を向ける。

「わかっていたのですね」

　バトラカは小さくうなずいた。「四人の別班員たちを緊急処置したクーダンの医師を突き止め、話を聞きました」

　ベキがふたたび乃木を見つめる。

「もし簡単に仲間を裏切るような人間ならば、息子であろうと軽蔑に値する」

「……」

「しかし、ほかの別班員を殺してはいなかった。お前は、我々『テント』に任務で潜入するため、味方までもあざむいた」

　黙ったままの乃木を、「嘘だろ……」と黒須がうかがう。

「日本に脅威を向ける者を排除する。そのためには手段を選ばず。それが、『別班』です」

鍛えられた鋼のような強固な意志に、黒須は圧倒されてしまう。

「……私を殺すつもりだったのか？」

ベキの問いに、乃木はうなずいた。

「……はい」

「‼」

反射的に乃木に銃を向けたノコルをベキが制する。仕方なくノコルは銃を下ろした。

乃木は話を続ける。

「各国でテロを繰り返す『テント』の指導者です。我が日本に危険が及ぶ場合、即時抹殺を命じられていました」

ノコルは目を剥き、乃木をにらむ。

「当初の作戦はノコルの拘束。ですが、アリさんはあなたに忠誠を誓い、家族が殺されても『テント』のことを吐かなかった。たとえノコルを拘束しても絶対に吐かない。そんなことをしても無駄だとわかったんです。そんなときにジャミーンが……」

乃木はいったん口を閉じ、ベキをじっと見つめる。

「……ジャミーンがどうしたっていうんだ？」とノコルが訊ねる。

ベキを見ながら、乃木は言った。

「彼女には善悪を見抜く力がある……アディエルはそう言っていました。手術が成功して一般病棟に戻ってきた日、私はジャミーンに会いにいきました。そのときです。ジャミーンはあなたの写真を見て、微笑んでいたんです。あなたを深く慕っているのが伝わってきました」

任務のことが頭から離れず、ベキだとアリから告げられた父親のモンタージュ写真を無意識のうちに取り出し、眺めていた。それをジャミーンが横から覗き込んで、手にしていたスマホに『ベキ？』と打ったのだ。

「この人、知ってるの？」と訊ねると、ジャミーンはにっこりと微笑み、矢継ぎ早にスマホに文字を打ち込みはじめた。

『すごく優しい人』『お父さんみたいな人』——と。

「もしかしたら私の父は心根の優しい人なのではないか……だとしたら、我々は『テント』の重要な側面を見落としているのかもしれない……。『テント』の本質をつかむためにも実態を確かめる必要がある。そう司令の櫻井に訴え、潜入作戦を決行するに至りました」

「この作戦を知っているのは、その櫻井だけか？」

「……はい」

「ふざけるな！」とノコルが声を荒らげた。「仲間四人が死を装って日本に運ばれたんだぞ！　そんなことをするには、ほかにも協力が必要なはずだ！」

ノコルは再び黒須に銃を突きつけ、「言え!!」と乃木をうながす。

「……」

「言えぇぇぇ！」

「……私は野崎さんに賭けたんです」

「野崎？」とベキが訊ねる。

「公安部外事課の刑事です」

こいつ、公安ともつながっていたのか……！

ノコルの顔つきがさらに険しくなる。一方、ベキの表情は変わらない。

「今回の作戦にあたり、いくつかのサインを送りました」

ドラムによって仕込まれた発信機を『ヴォスタニア』のメンバーを拘束した場所に置いて野崎を呼び寄せた。その後、ノコルから送られてきた集合地点の座標を、櫻井を通してとある名前で野崎へとメールした。

「ここからは想像でしかないのですが……」

乃木はその場にいたかのように、野崎の行動を語りはじめる――。

『劉・銘軒』という送信名で送られてきたメールには座標の数値だけが記されていた。数字をにらみながら野崎は考える。

この名前を知っているのはあいつだけ。乃木はこの座標の場所に来いと言っているのか……？

チンギスらとともに野崎はその場所へと向かった。しかし、指定場所の廃工場には乃木の姿も『テント』のメンバーの姿もなかった。血溜まりのなか、日本人らしき四人の男女が倒れているだけだった。

別班員か……。

野崎は一番手前に倒れていた廣瀬が小型カメラを装着していることに気づき、カメラからマイクロSDを抜き取った。

熊谷の状態を見ていた警官が、「まだ脈があります！」と叫ぶ。すぐにチンギスが部下に指示を飛ばす。

「大至急、救急車を四台呼べ！」

野崎も高田の脈を確認してから、撃たれた胸部をじっくりと観察する。

「心臓上の心外膜を貫通、しかも動脈もかわしている」

ほかの三人の容態を確認し、野崎はあきれたようにつぶやいた。

「全員、全く同じ箇所を撃たれている。神業か……」

そこにチンギスが近寄ってきた。

「どうなんだ?」

「意識はないが、これなら全員助かる」

バルカ警察に戻った野崎は、マイクロSDに残された映像をチンギスやドラムと一緒に確認していく。乃木が味方の別班員たちを一秒足らずで撃ち倒していく様子に、一同は息を呑む。

劉からのメールといい、乃木は俺に何かを託そうとしていた……?

野崎は自分に向けた乃木の意味深な言動を思い起こしていく。

飛行機の中でかけられた言葉——。

『あなたは鶏群の一鶴』の意味は、『あなたは際立って優れた人』だ。

『眼光紙背に徹す』の意味は……。

野崎はスマホで調べ、ハッとなる。

『背後にある深い意味を読み取れ』……メッセージか!

だとすればほかにも……。

バルカ空港で別れるとき、乃木はなんと言った？

去り際に告げたのはたしか、「ホテルでスネイプ社と商談がある」だったはず。

スネイプ社……。

「チンギス」

野崎は顔を上げ、訊ねた。「バルカにスネイプ社なんて企業はあるか？」

聞いたことがなかったので、チンギスはすぐにパソコンでスネイプ社を検索にかける。

しかし、ヒットした会社はなかった。

「いや、ないが……」

「スネイプ……スネイプ……」と口の中でつぶやきながら野崎は考える。

スネイプといえばスネイプ先生？　あいつは俺のハリー・ポッター好きを知っている。

スネイプ先生は裏切り者と思いきや、ダンブルドア校長やハリーを助けるために敵に潜入していた偉大な先生……!!

「？」

「チンギス！　棺桶を四つ用意してくれ！　大至急だ！」

「はあ？　どういうことだ？」

「乃木は……スネイプ先生だったんだ」

「野崎さんは日本行きの機内に棺桶を積み込み、別班員たちの死を偽装してくれた――。これがすべての経緯です」

「……」

黙ったままのベキに、乃木が訊ねる。

「もう一度お聞きします。私が任務で来たことに気づいていたのなら、なぜそのままに」

ノコルが振り返り、一同の視線がベキに集まる。

ベキはおもむろに語りはじめた。

「黒須はどんな酷い目に遭わされても、仲間のために決して口を割らなかった。お前は、死を覚悟してここにやって来た。日本を守るため、我々だけでなく味方までもあざむきつづけた。母国を愛し、常に任務を全うする……。そんなお前たちなら、生かす価値があると思った」

「命を狙われるかもしれないのにですか！」

思わず叫んだノコルに、ベキは言った。

「……息子に奪われるなら本望だ」

「！」

ノコルは愕然とし、乃木もベキの覚悟に胸が熱くなる。そんなふたりに向かってバトラカが口を開いた。

「四人の別班員が生きていたと判明したとき、私からも強く忠告しました。〝このままユウスケさんを生かしておくのは危険です〟と。ですがベキは、『テント』の真の目的を知ればユウスケも『別班』として力を貸してくれるだろうとおっしゃって」

「！……」

「どうだ、ユウスケ」

ベキはあらためて乃木をうかがう。

「我々の任務は、日本を守ること」

「……」

「フローライトの採掘が成功すれば、潤沢な資金を継続して得ることができ、報酬のためにテロを行う必要がなくなる。つまり、日本も攻撃を免れる」

「……」

「一時的ではありますが、今は『テント』に加担することに利があると考えます」

ベキの表情がふっとやわらぐ。ノコルが乃木に訊ねた。

「任務として、我々の力になると言うのか」

乃木は力強くうなずいた。

「政府側にフローライトの情報を流した者がいる。おそらく次の手を打ってくるはずだ」とベキが乃木をうかがう。

「必ず内通者を捜し出します」

ベキは黒須を振り返り、手にした刀で黒須の身体を縛っている縄を切った。

「黒須駿、お前はこの事業に必要な知識を多く持っている」

「……」

「この国の未来のため、お前たちの力を貸してくれ」

ベキは乃木と黒須に向かって、ゆっくりと頭を下げた。

「……頼む」

乃木は頭を下げるベキを見つめ、力強くうなずいた。

「はい」

※

一緒にゲルに戻った黒須は、中に入るや乃木を壁に叩きつけた。怒りの形相でにらみつけるも、すぐにその表情はゆるんでいく。黒須は力が抜けたように乃木の肩に頭を乗せ、耳もとで言った。

「俺にだけは……言ってほしかった」

「すまなかった……」

顔を上げた黒須の肩に、乃木がそっと手を触れる。

「君も皆と同じように心臓の上を狙ったんだが……まさか、かわされるとはな」

「当然です」と黒須が微笑む。「ずっと、乃木さんのそばで鍛えてきましたから」

乃木は笑みを返し、すぐに真顔を向けた。

「ここまで来たら、絶対にこの事業を成功に導かなくてはいけない」

「はい。そのためには内通者のあぶり出しですね」

うなずき、乃木が言った。「太田さんに連絡を」

と、ドアが開き、ノコルとピヨが入ってきた。

「政府から話をしたいと連絡があった」

怪訝な顔の乃木にピヨが続ける。「明日の十三時、外務大臣も一緒に来るそうです」

「ワニズが⁉」

　考え込む乃木にノコルが言った。

「お前たちも出席してくれ」


　翌日。会議用ゲルの大テーブルにノコル、ピヨ、ゴビ、乃木、黒須が並んでいる。約束の時間になり、エインとワニズがやって来た。険しい表情のエインとは対照的にワニズは余裕の笑みをたたえている。乃木ら一同は厳しい顔でワニズを見つめていたが、あとに続いた人物を見て、ギョッとなる。日本大使の西岡英子だった。さらにもうひとり、日本人らしき男性が入ってきた。

　席につこうとしたワニズが乃木に気づき、驚きの声を漏らした。

「乃木……！」

「どうして……」と英子もまじまじと乃木を見つめる。

　乃木はチラとノコルに目をやり、言った。

「縁あって、この会社の手伝いをしています」

「そうでしたか」

　何事もなかったかのようにワニズは席につき、ほかの三人も続く。

「外務大臣自らいらっしゃるとは、どんなご用件で？」

警戒するような視線をワニズに向け、ノコルが切り出した。

「例の話に決まってるだろ」

横から口をはさんできたエインをすかさずワニズがたしなめる。

「エイン、立場をわきまえなさい。我々は提案させていただくんだ」

「……申し訳ございません」

ワニズは神妙な顔つきを『テント』の面々に向け、やにわに流暢な日本語で話しはじめた。

「この案件はバルカの行く末を左右する大事業ですので、次期大統領候補の私が同席させていただくことになりました」

一同は目を見張り、隣の英子も思わず訊ねる。

「あなた、日本語を……」

そこそこ長い付き合いなのに、今まで日本語を話せることを知らなかったのだ。

「ええ」と薄笑いを浮かべ、ワニズはノコルとゴビに視線を移す。「あなた方も話せるんですよね？」

「なぜ……日本語で？」とゴビが日本語で訊ね返した。

「今日話すことは部下にはあまり聞かれたくないんです」

　ワニズは横目でエインをチラ見し、続けた。「先日はエインが大変失礼なことを申し上げたようで、申し訳ございません。本当は頭を下げたいところなのですが……立場上、お許しください」

　困惑するノコルの横で、乃木はワニズの真意を探る。

「採掘権は御社が前国土交通大臣を通じて購入済みであることを確認いたしました。こちらの確認不足でした」

　過ちを認めるワニズに、「そのとおり」とゴビがうなずく。「でしたら、これ以上話すことはないと思いますが」

「そうおっしゃらずに。実は政府からご提案がございます」

「提案……？」

「はい」

　うなずき、ワニズは同席するふたりを紹介していく。「彼女はバルカの日本大使、西岡英子さんです。こちらはエネルギー事業開発をしている――」

　英子の隣の男が頭を下げた。

「オリベ化学の蘇我(そが)でございます」

「オリベ化学？」とノコルが黒須をうかがう。黒須は小声で答えた。

「エネルギー資源を他国と共同で開発し、日本への流通経路を築き上げた大手です」

こそこそしている黒須を気にしつつ、蘇我が続ける。

「このたび、弊社とバルカ政府の間で提携を結びました」

隅に控えていたワニズの部下がノコルや乃木らに資料を配っていく。

「小国バルカの一企業がすべてを進めるには、どうしても困難がつきまとうでしょう」

とワニズが恩着せがましく言い、フォローするように英子も口を開いた。

「掘削機の策定、納入、プロジェクト管理、リスクマネジメントなど……世界基準でのメーカーの協力が必要となるはずです」

畳みかけるように蘇我が申し出た。

「ぜひ、我々に開発のお手伝いをさせていただけませんでしょうか？」

「日本の経産省も積極的に協力すると申しております」と英子が言い添える。

まさか日本政府を巻き込んでくるとは……。

黙り込む一同を見て、ワニズが言った。

「25％！」

「？」

「採掘権のうち15％をオリベ化学に、そして仲介として政府が10％。合わせて25％だけ譲渡いただき、比率ごとに利益を分配して、共同で事業を行わせていただけませんか？」

「！」

たしかに一からフローライトを開発していくとなると、資金も必要だし、何よりこちらには企業としてのノウハウがない。渡りに船の提案ではあるが……。

思案するノコルを横目で見て、乃木が英子に言った。

「日本が欲しいのは利益なんかじゃない。現物、フローライトそのものでしょう？」

英子は動揺することなく、「おっしゃるとおりです」とうなずいた。「採掘された高純度のフローライトは中国ではなく、ぜひ日本に優先的に売却していただきたい。そうなればこの分野で我が日本はアジアのトップに立てます。その見返りに、オリベが持つ採掘から品質基準を保って流通させる一連の技術とノウハウを無償でご提供いたします」

ノコルは黒須へと顔を向けた。

「……どう思う？　黒須」

その名を聞いて、蘇我が驚く。

「やっぱり、ＪＫＴ資源開発の黒須さんですか？」

「はい」と黒須はうなずいた。

「知ってるの？」と英子が蘇我に訊ねる。

「世界で十本の指に入る資源開発プラントの技術者です」

黒須はノコルの問いに答える。

「オリベ化学は近年、中央アジアでレアメタル採掘事業を拡大させています。技術力は申し分ないかと……」

考え込むノコルにワニズが言った。

「すぐに返答を、とは言いません。ご検討のほどをよろしくお願いします」


ワニズら一行が去ると、一同はすぐにベキのゲルへと報告に向かった。

「なんとしてでも我々を排除し、全権を主張してくるかと思いましたが、ここまで政府側が歩み寄ってくるとは思いませんでした」

彼らの要求を伝え、ゴビはそんな言葉で報告を締めた。

「いずれ採掘開始の準備を整えたうえで、邪魔をされないよう政府とは協定を結ぶ必要があると思い、用意をしていたんですがねえ」とバトラカは肩透かしを食ったようにベキを振り向く。

そんな会話をよそに、黒須は乃木に小声で訊ねた。

「ゴビはベキが『テント』の指導者だと知っているんですか?」

「いや。ノコルの父親だとしか思っていない」

ノコルはベキに言った。

「今回の提案では主導権はこちらにあり、政府に入る利益は10%です」

「決して小さな額ではないが、予想以上の歩み寄りだな」

そう返したあと、「だが……」とベキは続けるが、すぐにノコルがあとを引き取った。

「内通者、ですね」

そこに乃木が口をはさんだ。

「西岡大使の参入と経産省が裏で動いていたことが気になります」

「何が言いたい?」とノコルが問う。

「お役所仕事の遅い日本で、外務省と経産省がここまで早く連携することは通常ありえません。少なくとも半年前、西岡はワニズの言いなりになっていました。内通者によって、ワニズはかなり前からこの情報を知っていたのではないでしょうか? 日本企業を引き入れる準備を裏で進め、我々が土地をすべて購入したタイミングを見計らって、あの場に現れた。それなら納得がいきます。調べる必要があるかと」

乃木の言葉に、ノコルはベキを振り向いた。

「たしかに今後もこちら側の情報が漏れるのはまずい。やはり、内通者が見つからないかぎり、やすやすと調印は……」

ベキは黙って、うなずいた。

「私も引き続き調べます」

そう言ってゲルを出ていくゴビを、乃木がじっと見送っている。

その夜、黒須に太田梨歩から連絡が入った。パソコンのモニター越しに会話するふたりを、黒須の背後で乃木が見守っている。

「ムルーデル社、『テント』幹部の通信記録におかしな点は一切ありませんでした」

「やはり、ベレール興産側か?」

「これからそっちも調べます。ただ、一二〇人の社員全員を調べるとなると、かなり時間が……」

「太田さん」と乃木が口をはさんだ。「ひとりに絞ればどれくらいでできます?」

「ゴビですね」と黒須が乃木に確認する。

「ああ。あの人だったらすべての辻褄が合う」

「三、四時間あれば、調べられると思いますが」と太田が答える。

「ゴビとノコルは幼い頃から苦労をともにしてきた親友です。内通の疑いがあるというだけでは認めはしないでしょう。決定的な証拠が必要です」

「わかりました」とモニターの向こうで太田はうなずいた。「何かわかり次第、すぐに連絡します」


パソコンのスピーカーから流れてきた落語の出囃子（でばやし）で、仮眠していた乃木と黒須は叩き起こされた。太田が通信を切ってから、まだ二時間半も経っていない。相変わらずの仕事の早さに感心しながら、黒須は回線をつないだ。

「出たか！」

「ゴビの個人携帯の記録です！　見てください！」

送られてきたデータには内通者の正体がはっきりと示されていた。

※

あくる日、内通者が判明したとの知らせを受け、ゴビがやって来た。ベキやノコルが見守るなか、乃木がタブレットである映像を見せる。それは暗号メールの解読動画で、数字とアルファベットの羅列が次々とバルカ語へと変換されていく。

『フローライト採掘地、すべて購入済み』『採掘機の輸入は中国の真華掘技術から購入予定』などの文面を見て、ゴビの顔色が変わっていく。メールの送信者欄にはよく知っている名前が記されていた。

「あなたの秘書のジャンが個人携帯に不正アクセスを行い、暗号を用いて政府側に情報を流していました」

乃木に告げられ、ゴビは反射的にベキを振り向いた。

「申し訳ございません！」と深々と頭を下げる。

「……」

「今すぐジャンを捕まえ、いつから政府と通じ、どこまで情報を漏らしていたか、どんな手を使ってでも――」

「ゴビ」とベキがさえぎった。

「!!」

「やめなさい。こちらの動きに向こうが気づく……そうなれば、政府は別の強硬手段に出てくる」

「ですが……」

「このまま、その男の動きを追うんだ。これ以上情報が漏れないように、監視を続けながら調印を行う」

困惑するゴビを落ち着かせるようにノコルが言った。

「内通者が見つかったんだ。いいほうに考えろ」

「……」

「今後、現在の割合にもとづき、ムルーデル社から15％、ベレール興産から10％を政府に渡す。いいな」

「……わかった」

重ねるようにベキが言った。

「加えて、こちらからも政府に条件を突きつける」

怪訝な顔のゴビにバトラカが説明する。

「財務省に新たな部署を用意させ、ノコルが資源開発担当の特別長官に就くよう要求します」

「ノコルを政府の中に送り込む……」

ベキが断固たる決意を示すように厳かに告げる。

「フローライトはバルカに莫大な利益をもたらす。その利益がすべての国民に正しく分配されなければならない。ノコルが目を光らせる」

「政府は何がなんでもこの利権が欲しいはずだ。必ず乗ってくる」

ノコルにうなずき、ゴビはベキに言った。

「素晴らしいお考えだと思います」

そのとき、乃木の懐でスマホが震えた。着信したメールを確認する乃木の表情が、複雑に揺れ動いていく。


そして、調印の日がやって来た。

会議用ゲルに関係者一同が顔をそろえている。テーブルの一方にノコルとゴビ、その向かいにワニズと蘇我が対峙し、少し離れた席で乃木、黒須、ピヨ、英子が様子を見守っている。

「ご要望どおり、ノコルさんを資源開発担当長官として受け入れさせていただきます。あなた方の主導のもと、これからともに歩んでいきましょう」

ワニズが言い、政府高官のアジュンがノコルの前に契約書を置く。

それぞれが契約書に目を通し、サインをしていく。

すべてつつがなく終了し、アジュンが言った。

「これをもちまして調印は終了となります」

席を立ち、ワニズはノコルに右手を差し出した。

「長いお付き合いになります。今後ともよろしくお願いいたします」

ノコルがその手をがっちりと握る。皆の拍手の音がゲルに響きわたる。

ワニズは握手をほどくと、ゴビのほうへと歩み寄った。

「では、これにもサインを」と、いつの間に用意したのか新たな書類を差し出した。ゴビは躊躇することなく、書類に自分の名前を書き記していく。

「待て」とノコルが慌てて言った。「それはなんだ?」

サインを終え、ゴビはほくそ笑んだ。

「悪いな、ノコル」とこれ見よがしに書類をノコルの前に置く。

「……!」

「我が社が持つ採掘権30%の権利をバルカ政府に売却する。お前らではなく、彼らとともにフローライト開発を進めていくことにした」

そう言うと、我慢できずに高笑いしはじめた。

肩を揺らし、発作のように笑いつづけるゴビに向かって、ノコルが静かに訊ねる。

「……お前、どうして?」

「なあ、ノコル……あの内乱を思い出せよ。結局生き残ったのは誰だ？　金を持っていた人間だけだろ！　金だけがこの国で命を守ってくれる！　だから俺は、どんな手を使ってでも金を手に入れる。この国で生きていくためにな」

ノコルは哀しげにゴビを見つめる。乃木と黒須は冷静に様子をうかがっている。

「そのとおり」としてやったりの笑みをたたえ、ワニズがうなずく。「彼は賢い選択をしたまでです。これで我々の権利は合わせて55%。採掘の主導権はこちらにある」

「……」

「では、ここで一つ新たな提案を」

ワニズにうながされ、エインが提案書を配っていく。

「フローライト開発が政府主導となることにともない、国家プロジェクトとして政府にて利益の分配を行うことをご提案させていただきます。すべては国の発展のためです。あ、そうだ。特別長官の解任もあわせて要求しましょう」

「!!」

「アジュン、採決だ！　採決をとれ」

「は、はい。ではワニズ大臣の申し出にもとづき、権利者の皆様、賛成の方、挙手をお願いします」

エインとゴビが手を挙げた。

「長い時間をかけてご準備されたのに、ご苦労さまでした」

勝ち誇るワニズに、「そうでしょうか」と返し、ノコルが目でうながす。怪訝そうにワニズはノコルの視線を追う。視線の先には手を下ろしたままうつむく英子の姿があった。

「大使、なぜ手を……？」

そのとき、ゲルの扉が勢いよく開いた。戸口に立っているのは野崎とドラム、そしてチンギスだった。

「チンギス、お前、何を……」

戸惑うワニズをチンギスはにらみつける。野崎が一歩前に出た。

「お久しぶりです。ワニズ外務大臣」

想定外の出来事に、ワニズはわけがわからない。

「さあ、西岡大臣」と野崎が英子をうながす。

「！」

「決断のときですよ」

※

五日前——。

ゴビがベキのゲルから立ち去ったあと、乃木は自分のスマホに着信したメッセージを一同に見せた。

「ブルーウォーカーから送られたものです」

添付されている動画を再生する。

それはゴビの会社の社内カメラの映像だった。ジャンがメールを送る様子を背後でゴビが見守っている。送り終わるとジャンに言った。

「金はあとで渡すからな」

短い動画が終わり、乃木は一同へと顔を向けた。

「……念のためブルーウォーカーに、ジャンがメールを送ったすべての内容とその日の動向を調べてもらっていたんです。そして、これが社内カメラに」

「まさか……ゴビが……」

絶句するノコルに乃木は言った。

「ジャンはゴビに使われていただけです」

「……バカな‼」

怒りのあまり身体を震わすノコルをベキがなだめる。

「感情的になるな」

長年にわたって手を取り合ってきた親友の裏切りに、ノコルは感情の持って行き場がわからない。

「しかし、ゴビと政府が通じているとすれば……」

「最悪の事態が想定されます」

バトラカの懸念を乃木が具体的に説明していく。

「現時点で採掘権はムルーデル社が60%、ベレール興産が40%。そこから六対四の比率をもとに、こちらから15%、ゴビから10%、合わせて25%を政府側に譲渡する」

そうすると、採掘権の割合はムルーデル社が45%、ベレール興産が30%、政府とオリベ化学が25%へと変化する。

「ここから調印のあとにゴビが寝返った場合……」

簡単な計算だ。バトラカが顔をしかめながら、言った。

「政府側が55%になる」

「はい」と乃木がうなずいた。「政府側が過半数を超えます。そうなれば政府の思うままにされるでしょう。手に入れた土地は安値で奪われ、最悪の場合、この事業から追い出されることにもなりかねない」

じっとベキを見つめていたノコルが手を震わせながら、いきなり床に膝をついた。

「申し訳ございません！」

床に頭をこすりつけるノコルに皆は驚く。ベキは静かにノコルを見下ろしている。

「ベキがこれまで血を吐く思いでやってきたことが、私のせいで……」

ベキはノコルの前に歩み寄り、しゃがみながら、言った。

「ノコル、顔を上げなさい」

ゆっくりと顔を上げたとき、ノコルはベキに抱きしめられた。

「!!」

「お前だけが苦しむ必要はない。私たちも皆、騙された」

「……」

「立て。これからはお前がこの国を引っ張っていくんだ」

「しかし……」

躊躇するノコルをゆっくりとベキが立たせる。

場の空気が落ち着いたのを見て、バトラカが話を戻した。

「最初からゴビが政府と通じていたのなら、なぜこれまで隠しつづけていたんだ？」

「できるだけお金を使わずに、すべてを一気に奪い取るスキームを立てたのでしょう」

乃木が皆に彼らの計略を読み解いて聞かせる。

「三年前から西岡とオリベ化学を引き入れるための準備を進め、すべての土地が購入されるのを待った。エイン、ワニズ、ゴビ……初めから三人はグルだったんです。まずはエインが来て、フローライトのことはすべて知っているぞと強気に迫る。我々は政府に大半を持っていかれるのではないかと危機感を持った。そこにワニズが低姿勢で、オリベ化学と合わせて25％だけを求める。思った以上の歩み寄りに、我々もそれなら悪い条件ではないと感じる。その裏でゴビが、ジャンの裏切りの証拠を見つけられるように用意していた。内通者の心配もなくなり、安心しきった我々が調印に向かったところで……ゴビが寝返り、一気にすべてを持っていく！　そんなスキームだったのでしょう」

「……」

「ならば、調印しなければこちらの持ち分は60％のままだ」

そう言って、バトラカはベキをうかがう。

「ここはひとまず調印は……」

「いや」とベキは首を横に振る。「調印を行わない場合、今度はゴビとワニズが資材の運搬ルート、採掘機材の搬入、取引業者など全方位に圧力をかけて、妨害してくる」

「そのとおりです」と乃木がうなずく。

「なら、どうする？」とピヨが焦った口調で訊ねる。「調印まであと五日しかないぞ」

一同が黙り込むなか、乃木が決然と言った。

「エイン、ワニズ、ゴビ……三人まとめて葬り去るしか生き残る術はありません」

「……」


その夜。ベッドに腰かけ、乃木が思い悩んでいると、馴染みのある頭痛に襲われた。

顔を上げると、Fが目の前に立っていた。

「……もう出てきてくれないかと思ってた」

『苦しいよな……』

お前の心中は自分のことのようにわかるとでも言うように、Fがつぶやく。

『だが、いずれその時は訪れると、覚悟はしていただろ』

「……」

『ノゴーン・ベキの指示で、世界には——』

「わかってる！」と乃木は皆まで言わせない。

　Ｆが同情の眼差しを乃木へと向ける。

「ごめん……でも、迷いはないよ」

『……』

「お父さんは僕の名前を呼んで、本当の息子だと認めてくれた。僕を……愛してくれた」

　乃木は決然と前を向き、拳を強く握った。

「これ以上望むものはないんだ。僕は正しい道を歩む」

『そうだ。その時が少し早く来ただけだ……』

「……」

『今は、あいつに賭けるしかないんだろ』

　厳しい表情のまま、乃木はＦにうなずいた。

　バルカの大地に夕陽が沈んでいく。


　翌日、乃木は神妙な面持ちでベキの前に立っていた。乃木の隣にはノコルの姿もある。

「一つだけ」と乃木はベキに切り出した。「事態を打開する方法があります」

「聞かせてくれ」

「ゴビに裏切られたと知った今、政府に主導権を握らせないためには……日本側、つまり西岡とオリベ化学を引き入れるしかありません」

「そんなことができるのか？」

半信半疑で訊ねるノコルに、「はい」と乃木がうなずく。

「どうするんだ？」

「それは……」

口にしようとした言葉がどうしても出てこない。

「それは……」

逡巡（しゅんじゅん）する乃木を、深い水をたたえた静かな湖面のようなベキの目が見つめる。脳裏に幼い日に離ればなれになった若き父の姿がよみがえり、乃木の唇が震えはじめる。

「お父さん……」

「あなたに会うまで、本当は不安でいっぱいでした……」

やがて、乃木の口から抑えていた思いがあふれ出した。

「……」

「僕のことを覚えてくれているだろうか？　会っても何も感じないいんじゃないか。僕のことを愛してくれないいんじゃないかって……でも、お父さんは愛をくれた。愛って、こんなにも温かいものなんだって、初めて知ることができました……人身売買で離ればなれになったあとも、ずっと捜してくれていたと聞いたとき……たまらなくうれしかった。僕はずっと、あなたに愛されていた……」

「……」

「あなたは母と僕を失い、絶望の淵に追い込まれながらも……満足に食べることもできない、路頭に迷う子供たちを救うために『テント』をつくり、何十年もの間、バルカの民から厚い信頼を得て、弱き人々を守りつづけた！」

乃木の言葉は次第に熱を帯びていく。

「息子として、そんな父を心から尊敬します。あなたの息子であることを誇りに思う」

息子の言葉を、ベキは静かに受け止めている。

ふいに乃木の声のトーンが変わった。

「ですが……ですが……」

「……」

「……罪のない……多くの人を……傷つけてきたのは……事実です」

初めてベキの表情が揺れた。

「お父さんには……いつか……罪を償ってもらいたいと思っていました」

ベキは乃木の思いと考えを察した。そしてノコルも。

「お前は、わかっていない……」

ノコルは乃木に言った。

「お父さんは最初からそのつもりだ……」

「！……」

父を見つめる乃木の目に、みるみる涙が溜まっていく。

ベキはゆっくりと口を開いた。

「……野崎、だな」

「……はい」

重い沈黙を破ったのは、ノコルだった。

「野崎なら……日本を引き入れられるのか」

「はい」と乃木はうなずいた。「バルカの未来のために、必ず日本を動かしてくれます」

「その代償に……お父さんを公安に差し出す……」

「……はい」

「……」

「日本の公安なら……世界の諜報機関の中で最も公正な判断をしてくれます……お父さ

ん の尊厳を必ず守ってくれる……」

息子の真剣な眼差しを受け止めながら、かつて自分が所属した公安に身を委ねることになる運命の皮肉に、ベキは複雑な笑みを浮かべた。

おもむろに自らの両の手のひらを広げ、ベキはじっと見つめた。

「血で汚れた手だ……何人もの人をこの手で殺し、数えきれない罪を犯した……」

「……」

「私の望みは……フローライトを軌道に乗せ、『テント』を解体すること……」

「……はい」とノコルがうなずいてみせる。

「ようやく……罪を償う時が来た」

どこか安堵したようなベキの声に、乃木はふたたび込み上げてしまう。

「泣くな！」

厳しい声を発したノコルの目にも光るものがある。

懸命に涙をこらえる兄弟に、ベキはふと父親の顔になる。しかし、すぐに表情を引き締め、乃木に告げた。

「ユウスケ……連れてこい」

乃木が開けた扉からゲルの中へ入ると、野崎の目はテーブルの中央に座った豊かな灰色の髪の精悍（せいかん）な顔つきの男に釘づけになった。

まさに王の風格。じっと見つめられるだけで背筋が粟立つようだ。

野崎は目をそらさず、ゆっくりとベキの前へと歩いていく。

「初めまして。公安部外事第四課、野崎です」

「……懐かしい響きだ」

「このようなところで直属の先輩とお会いするとは思ってもいませんでした」

かすかに笑みを浮かべ、ベキは訊ねる。

「本当に日本を動かせるんですね？」

「はい。必ず」

野崎の瞳に浮かぶ強い決意に、ベキは頼もしさを感じる。

「その代わり……成功した暁（あかつき）には」

ベキは黙ってうなずいた。

「護送先までの身の安全と機密事項の保持は、公安の威信に懸けて保証いたします」

「公安の力は誰よりも知っている」

微笑む野崎にベキは続けた。

「だが……」

「？」

「『テント』による犯罪行為はすべて私が指示をした。バトラカには軍事協力を、ピヨには交渉役を。ノコルは何も手を汚していない。これからこの国を変えていく使命がある」

ベキに視線を向けられ、ノコルは固く唇を結ぶ。

「あなたに身を委ねるのは、私、バトラカ、ピヨ。この三人だけです」

「こちらの主導でフローライト事業が動きだせば、『テント』は解体し、今後活動は行わない。間違いありませんか」

野崎は眼光鋭くベキを見つめた。

「……約束する」

「……わかりました。バルカは世界のどの国とも犯罪人引き渡し条約を結んでいません。日本及び諸外国もご子息を追うことはないでしょう。ただ国内、バルカ警察は別です」

「……」

「しかし、そこは私が抑えてみせます。ご子息はこれからもこの国のために働きつづけることができるでしょう」

頼むと目で訴えかけるベキに、野崎は強くうなずいた。

ドラムが運転する車で乃木と野崎が日本大使館へと向かっている。

「大きな渦に巻き込まれていたのは俺のほうだったようだな」

まさか追っていた謎の組織の命運を握って大使館に戻るなど想像すらしていなかった野崎は、乃木にかけたかつての自分の言葉を思い出し、苦笑した。

「なあ、一つ聞いていいか？」

「はい」と乃木が野崎に目を向ける。

「なぜ俺が、西岡のマークを続けているとわかった？」

「以前、大使館から逃げるときに野崎さん、五分ほどナジュムさんと別行動をしたじゃないですか。おそらく何かを仕掛けたんだろうなと」

「……さすが『別班』だな」

あのときは、英子の執務室に隠しカメラを設置するためにナジュムを連れて戻ったのだ。一度裏切った人間は絶対に信用しない。公安としては当然の行動だ。

やがて車は門を抜け、大使館の敷地へと入っていった。

ノックの音とともにドアが開き、「失礼します」とナジュムが執務室に入ってきた。

「勝手ながら、大使にとって大切なお客様ですので、お通ししました」

怪訝そうに顔を上げた英子は、後ろから続く野崎、乃木、ドラムを見て、愕然とした。

「お久しぶりですね、大使」と野崎が微笑む。

「な、なぜあなたたちが……」

「どうしても大使に、見てもらいたいものがありましてね。ドラム」

ドラムがタブレットに映像を再生させ、英子に見せた。映し出されているのはここ、執務室だった。自分がワニズとゴビにドル紙幣の札束を差し出している。

「……な、なぜ、こんなものが」

「一度、あなたに裏切られてるんでね。念のため、仕掛けておいたんですよ」

「！……」

「あなたがオリベ化学とともに、ワニズたちに多額の裏金を渡していたことは明白だ」

「!!……」

「だが……」と野崎は表情をやわらげた。「いろいろと事情がおありだったようですね」

「……」

「外務省であなたの仕事ぶりは高く評価されていた。日本の国益のため、バルカ政府とのパイプ作りに汚れ役も引き受けていた」

「一方」と乃木があとを引き取り話しはじめる。「日本は半導体に欠かせない高純度のフローライトの調達で中国に大きな後れを取っていた。ゴビとワニズはそこを突いてきたのではないですか?」

「……」

「三年前、フローライトが発見されたことを知ったゴビはワニズに金儲けができると話を持ちかけ、採掘権比率の逆転の計画を企てた。日本の状況を知るワニズはあなたに話を持ちかけ、多額の裏金を要求した。あなたはすぐに本国へ報告。のどから手が出るほど欲しい高純度のフローライト。それが手に入るならと経産省は外務省を通じ、バルカ政府の提案に従うようあなたに迫った」

青くなって黙り込む英子に、「相当悩まれたでしょう?」と野崎は同情してみせる。

「バルカ政府の言いなりになって、この事業に参入すべきか……だが、参加すれば、フローライトに関しては中国を追い越し、アジアトップに躍り出る。国益を考えても大きなことだ。すべては日本のため……そうして、あなたはワニズに多額の裏金を渡すことを決断し、オリベ化学を引き入れて、バルカ政府側についた」

「……だとしたら、なんだというのですか?」

開き直った英子に、乃木は契約書を差し出した。

「我々と手を組みませんか？」

「‼」

「バルカ政府と同様に、採掘権に対する15％の利益譲渡。さらに、フローライトの日本への優先的な輸出をお約束します」

英子はおずおずと契約書を手に取った。

「裏金に関してはバルカ警察と話をつけてある。あなたはワニズに脅迫を受けて、仕方なく金銭を渡したと判断される」

契約書に視線を落とす英子の表情が揺らぎはじめるのを見て、野崎はたたみかける。

「このまま政府と組んだらどうなるか、賢いあんたならわかるだろ？……この先ずっと、裏金を要求されつづけるに決まってる！」

「！……」

「日本のためだ。手を組む相手を見極めろ‼」

英子は決意し、顔を上げてふたりにうなずいた。

※

「我々日本は……バルカ政府の提案には反対いたします」

決然と言い放った英子に、ワニズは慌てた。

「な、何を言っている！」

「お前ら、まさか」とゴビはノコルを振り返る。「俺が寝返るのを知っていたのか⁉」

「ああ。だから、あえて泳がせた」

「‼」

「これで、我がムルーデル社の45%と日本の利権15%、合わせて60%の権利を取得できました。よって、採掘の主導権は我々にある」

ワニズらを見回し、乃木が言った。ワニズが憤怒の表情で叫んだ。

「お前たち、どうなるかわかってるのか！　ここをどこだと思ってる。バルカだぞ！」

「そんな恫喝に日本は屈しない！」

乃木は真っ向から受け止め、ノコルが続ける。

「もうお前たちの好きなようにはさせない。そのつもりでいろ」

宣戦布告めいた言葉に、ワニズの怒りは頂点に達した。顔をゆがめ、哄笑する。

「政府の力をなめてもらっては困る！　お前らがいくら権利を主張しようとも、そんなの無意味だということがわからないのか！」

野崎は静かに訊ねた。「武力行使も辞さないということか？」

「フローライトが眠るのは、もとはと言えば我が国の領土！　政府に反旗を翻す者は反乱勢力とみなす！　力ずくで明け渡してもらう！」

どうするの？……と英子は乃木らをうかがう。乃木はノコルをうながした。ノコルは小さく頷き席を立ち、扉のほうへと歩きはじめる。

「どうした？……逃げるのか？」とワニズが声をかける。

ノコルが扉を開けると、ベキとバトラカが立っていた。

ベキを先頭に、三人は悠々とした足どりでワニズたちのほうへと向かう。そのとき、天井から大きな旗がテーブルの背後の壁沿いに勢いよく垂れ下がってきた。

旗に描かれているのは円の中に切れ目の入った六角形、『テント』のマークだ。

政府側の関係者や英子たちがざわつくなか、自分に近づくベキを見ながらワニズは驚愕して目を見開いた。

「ま、まさか……あなたが……！」

ベキが立ち止まり、ノコルが一同に告げる。

「『テント』の最高指導者、ノゴーン・ベキだ」

「！」

その静かな佇まいから発せられるオーラに、一同は震えあがる。謎の組織、『テント』がバルカ国内に拠点を置いていることは知られていたが、その実態に関しては外務大臣のワニズですら、ほとんど情報を持っていなかった。

言葉を失ったゴビがノコルへと目を向ける。

「ノコル……お前……」

ノコルは哀しそうに見返すだけだった。

一方、エインはベキの隣に立つ男が誰かに気づき、仰天した。

「お前は……民間軍事会社Ｙ２Ｋの？」

バトラカが不敵な笑みで答える。エインがすかさずワニズを振り向く。

「せ、政府軍は、あの男の会社に七割以上を任せています。奴らが敵となり、戦うことになったなら……」

それ以上はもう言葉にならなかった。

黙ってワニズを見つめていたベキの目に初めて感情が表れた。

「また、血を流すつもりか！」

一喝され、ワニズはその場に固まった。皆が静まり返るなか、ベキは語りはじめる。

「大臣……あの紛争からもう19年だ……」

「……」

「四つの民族が対立し合ったあの紛争で、この国は一体何を手にした？」

「……」

「我々は嫌というほど経験してきたはずだ。殺し合い、憎しみ合い……数えきれないほどの大事なものを失った。争いは何も生まないと、誰もが気づかされた」

「……」

「だが、紛争のあと、お前たちは苦しむ民に手を差し伸べなかった。そればかりか金を持つ者だけを優遇し、さらに金を求めつづけた。人間の欲望にはキリがない。愚かな生き物だ。今や世界中がそうだ。誰もが自分のことばかりを考え、持つ者と持たざる者の間に大きな分断が生まれた。日本もそうだ」

ベキは英子や乃木へと視線を移す。

「……」

「だが、日本では古くからあらゆるものに神は宿っていると考えられてきた。神は一つではないという考えがあることで、相手の宗教にも理解を示し、違いを超えて結婚もする。日本には考えの違う相手を尊重する美徳がある」

「……」

自分の話が一同の胸に落ちていくのを待ってから、ベキはノコルを振り向いた。

「これからバルカは宗教、民族の違いを争いの火種には二度としない。国の富を公平に分け、お互いの宗教、民族を尊重する国になっていく」

「……」

「そんなことは不可能だと人は言うだろう。だが、決してあきらめない。我々の小さな一歩は子供たちへ、さらにその次の世代へと受け継がれていく。相手を敬い、分かち合うことの素晴らしさをこの国に根づかせる。それがいずれこの国の文化となり、歴史となっていくんだ……」

「……」

「この小さな一歩が、新しいバルカを築くための偉大な一歩となる！」

「……」

最後はひとり言のようにつぶやく。

「私はそのために今までやってきた……」

ベキの訴えに皆がそれぞれの思いにふけるなか、ワニズが叫んだ。

「ふざけるな！　『テント』は世界中のお尋ね者だ！　テロで稼いだ金で買った土地の

フローライトなど、世界が認めるわけないだろ！」

「『テント』とムルーデル社には一切の関わりはない」

　ワニズの主張を真っ向から否定し、野崎はチンギスに目をやる。チンギスはうなずき、ワニズに告げた。

「総力を挙げて捜査を行ったが、不透明な金の流れは一切なかった」

「バカを言うな！　どうせマネーロンダリングでもしてるんだろ！　必ず記録は残っている！　ちゃんと調べ――」

「これ以上調べることは不可能だ」とチンギスはワニズを黙らせた。

　実際、徹底的にムルーデル社の帳簿は洗ったのだ。そして、それを検事総長のハキムにも確認してもらった。資料を精査し、ハキムは断言した。

「君の言う通り、この内容ではムルーデル社を起訴することなど一〇〇%できない」

「検事総長、ムルーデル社と『テント』は無関係だと承認していただけますか？」

　チンギスが念を押すと、ハキムは小さく首を横に振った。

「……だが、ムルーデル社と取引先のクーダン中央銀行の両担当者が秘密裏に行っていたかもしれない。今後、証言や裏帳簿が出てくる可能性がある。これだけでは潔白とは言い切れないぞ」

しかし、ムルーデル社の担当者のギリアムも銀行側のパウロも、もうこの世にはいないのだ。ふたりは同じ日に交通事故を起こし、亡くなっている。

「それだけではない」とチンギスはワニズに説明を続ける。「彼らの住んでいた家は解体され、利用していた通信機器もその記録も一切残っていなかった」

「なんだと……」

「担当がいないんじゃ、これ以上調べようもないだろう?」

その会話を聞きながら、バトラカはあらためてベキの英断に感嘆した。ギリアムとパウロの裏切りが発覚したとき、幹部たちの判断は全財産を没収のうえ、国外追放だった。しかし、ふたりを始末することをベキが強く主張したのだ。この処分はいずれ『テント』を救うことになると。

「そんなの、こいつらが消したに決まってる!」

「残念ながら、そんな証拠はどこからも出てこなかった。この捜査結果は、キメル法務大臣が保証されている」

「キメルだと……」

新たに登場した名前にワニズは愕然とした。同世代のキメルは政府内での権力闘争で常に自分と競い合ってきた、いわば目の上のたんこぶのような存在だ。当然、向こうもそう思っているだろう。

奴が『テント』側について自分を追い落とそうとしているのか……⁉

憤怒に燃えるワニズの視線を受け止めながら、チンギスは法務大臣室にキメルを訪ねたときのことを思い出す。

報告書を読み終え、キメルは大きく息を吐いた。

「どこかの国の金持ちたちが運営していると思っていたが……まさか『テント』が何十年と子供たちの面倒を見ていたとはな……」

「私もその中のひとりです」

キメルは驚きの表情でチンギスを見返した。

「君も孤児院で……」

「『テント』によって支えられていたとは知りませんでしたが……。今の警察には、孤児院の出身者が半数近くいます」

野崎からその事実を聞かされたとき、チンギスは『テント』の側につくことを決めた。もちろん、親を失ったことは悲しい出来事ではあったが、孤児院での日々は決してつらいだけのものではなかった。人と人は支え合って生きているということを学び、誰かのために生きていこうと決意した。あそこでの経験が今の自分をつくったと言ってもいいだろう。

思案するキメルをチンギスがうながす。

「ワニズが主導権を握ると孤児院は閉鎖に追い込まれ、子供たちは行き場を失います」

その言葉で決断し、キメルは言った。

「安心しろ。今後、新たな疑惑が出ても私がすべて揉み消す」

「！」

深々と頭を下げるチンギスにうなずき、「それとこれだが……」とキメルは同時に報告を受けた件についても指示を出す。キメルのパソコンに映し出されているのは、日本大使である英子にワニズが賄賂を要求している映像だった。

「逮捕状請求の証拠として十分だと判断した。即刻、捕まえろ」

「はい！」

ぶるぶると手を震わせるワニズに、チンギスは言った。

「お前の時代は終わりだ。収賄教唆（しゅうわいきょうさ）、脅迫の容疑で逮捕する」

「!!……」

チンギスが合図を送り、ゲルの中に警官たちが入ってきた。

「連れていけ！」

抵抗する間もなく、ワニズ、エイン、ゴビが連行されていく。三人の姿がゲルから消えると、「大使」と野崎が英子に声をかけた。

「本日、警視庁公安部は最高指導者ノゴーン・ベキ、幹部バトラカ、ピヨの三名を逮捕。これにより『テント』は解体いたします。今後、ムルーデル社のフローライト開発に関与することは決してありません」

そこまで話は進んでいるのか。

驚く英子にベキがうなずく。ノコルが英子の前へと進み出た。

「今後はバルカ政府内でフローライト採掘、経営のすべてを、私が責任を持って見ていきます……子供たちの未来のため、日本の力をお貸しください」

ノコルは英子に向かって深々と頭を下げる。英子は蘇我とうなずき合い、顔を上げたノコルに右手を差し出した。

「よろしくお願いいたします」

英子と握手を交わすノコルを、ベキが静かに見つめている。

※

巨大な夕陽がバルカの大地を赤く染めている。草原には無数の『テント』の旗がはためき、すべての構成員たちがズラリと並び、その時を待つ。乃木、ノコル、黒須の姿もあった。

やがて、ベキを先頭にバトラカとピヨが姿を現した。

整然と並んだ構成員たち一人ひとりをじっくり見回すベキの胸に、万感の思いが込み上げてくる。長年にわたり数えきれない苦難をともに闘い、ともに乗り越えてきた。それはベキを見る構成員たちも同じだった。

「……今までありがとう！」

「!!」

身体を震わせる者、涙を必死にこらえる者、すでに滂沱（ぼうだ）している者……反応はそれぞれだが、思いは一緒だった。

そんな仲間たちの様子をベキは目に焼きつける。

「さらばだ！」

振り返ると、チンギスをはじめ警官たちも地面に膝をつき、ベキに敬意を示している。

歩み寄る野崎とドラムにうなずくと、ベキは歩きだす。

去っていく父の背中を、乃木がじっと見送っている。

ゲルに戻ると、黒須がパソコンに向かっていた。

「どうだった?」と乃木が訊ねる。

「うまくいきました。全員がベキを見送っている隙に通信棟に仕込みました」

黒須が乃木のほうへパソコンを向け、新たに構築された通信網を見せる。

「これで太田梨歩は『テント』のすべての通信を傍受できます」

「よくやった」

すぐに黒須は太田に連絡を入れた。

「『テント』の全世界への通信、全部を監視しろって言うんですか⁉ それをひとりでって、寝ないでやれってことですか⁉」

スピーカーモードの黒須のスマホから不機嫌な太田の声が聞こえてきた。慌てて乃木がなだめにかかる。

「全世界の『モニター』に向けて、必ず『テント』の解体の連絡が出ます。すべての監視をお願いします」

「ちょっと待ってください。『テント』は解体されたんですよね? 解体してなくなったのなら、もうテロの危険性はなくなったってことですよね? だったら監視する必要なんてないんじゃないですか?」

「『モニター』の中には『テント』の解体に納得しない者もいるでしょう。ノコルの制止を振り切って行動を起こすかもしれない」

「それにしたって……」

「その中でも、まだ日本に潜伏している『モニター』の存在が大きな問題なんだ」と黒須がつけ加える。

「……どういうことですか?」

「負傷した別班員は極秘で日本に移送され、日本各地に分散されて治療を受けていた。だが、治療中の映像が『モニター』からノコルに送られてきていたんだ」

「警察内でも上層部しか知り得ない機密情報です。山本とは比べ物にならないほど優秀な諜報員が、日本の中枢に入り込んでいる可能性がある。急いで特定しなければなりません」

乃木の熱い説得に、太田はしぶしぶうなずいた。

「……わかりました」

しかし、『モニター』への『テント』解体の連絡はすぐには行われなかった。フローライト採掘準備の会議に参加しながら、乃木はじりじりとその時を待った。

そして、ベキが日本に連行されて四日目の朝、ついに太田から連絡が入った。

「『モニター』に一斉に連絡が出ました！」

黒須とともに乃木は急いでパソコンに向かう。

「データを転送します」

送られてきたデータを確認すると、暗号化されたメッセージが画面に並んでいる。

「各国の『モニター』への連絡一覧です。まだ暗号の解読と送信先の特定はできていません。ただ、日本のひとりだけ複数回にわたってメッセージのやりとりが行われています」

「ベキの状況の報告でしょうか？」と黒須が乃木をうかがう。

「いや、護送先から取り調べまですべてが機密だ。情報が漏れているはずはない」

うなずき、黒須が太田に言った。

「暗号解読と受信者の特定を急いでくれ」

「今、ウイルスを仕込んだダミーメールを送りました。メールを開いてくれれば、特定できるのですが」

そのとき、乃木のスマホに野崎からの着信が入った。スピーカーモードで乃木が出る。

「野崎さん、ちょうどこちらからも――」

乃木の言葉は怒鳴るような野崎の声にさえぎられた。

「ベキが逃亡した！」

「逃亡!?　どういうことですか！」

「特別拘置所の警備システムが切断され、警備員も襲われた！　バトラカとピヨも一緒に消えた！」

そんな……。

愕然とする乃木の横で黒須が推測する。

「例の『モニター』が公安の警護システムを……!?」

そのとき、今度は黒須のスマホから太田の声が聞こえてきた。

「メールが開封されました！　受信元のデータ、転送します」

パソコン画面にスマホカメラの粗い映像が映し出される。車の運転をしながら怪訝そうにメールを見つめる男は、新庄だった……！

すぐに乃木が野崎に告げた。

「野崎さん！『モニター』は新庄さんです！」

「新庄……！」

よほど衝撃が激しかったのか、乃木のスマホはしばらく沈黙した。

人けのない山の住宅地に一台のステーションワゴンが入ってきた。停車し、運転席から新庄が降りてくる。周囲に誰もいないことを確認し、後部座席のドアを開ける。ピヨ、バトラカ、そしてベキが車を降りた。

新庄がある建物を目で示し、バトラカに言った。

「あそこをお使いください」

「頼んでおいたものは？」

「すべて用意してあります。明日はあの車をお使いください」

「世話をかけた」

ベキが礼を言うと新庄は顔を紅潮させた。

「偉大なるベキのお役に立てたのなら幸いです」

「君はこれからどうする？」

「海外へ逃亡します。他国の『モニター』とも連携を取り、ルートは確保しています」

「この先の幸運を祈る」

「身に余る光栄です」

新庄は深くお辞儀し、ワゴンへと戻っていく。

バトラカとピヨに導かれ潜伏先の建物へと向かうベキの目には、新庄に見せていたものとはまるで違う冷酷な光が宿っている。


ドアを勢いよく開け、乃木がずんずんとゲルに入っていく。待っていたかのようにノコルが口を開いた。

「……お父さんの逃亡、だろ?」

「日本に入国しやすいよう、わざと公安に捕まったんですね?」とノコルをねめつけ、乃木が訊ねる。しかし、ノコルは答えない。

「最終標的は日本……やはり、あれは本当だったんですか！　一体、日本で何を起こそうとしているんだ！」

「……」

「答えろ！」

ふたりの視線が激しくぶつかる。乃木の目を見たまま、ノコルはふっとつぶやいた。

「悲しいことに、憎しみというのは喜びで消せるほど単純ではないようだ……」

「憎しみ……?」

「この四十年、ベキの頭から明美さんの最期の言葉が消えることはなかった。一日たりともな」

「……お母さん……」

野崎はサイバー犯罪対策課に腰を据え、東条に新庄の行方を追わせていた。そこに乃木から連絡が入った。

「日本への攻撃ではない⁉」

野崎は驚きの声をあげた。手にしたスマホから乃木の声が聞こえてくる。

「ベキの狙いは、母を死に追いやった人間への復讐です！」

「！……『最終標的』っていうのは、ベキ個人の復讐だったのか⁉」

「はい。父の最後の望みを示していたんです！　ベキは母の仇を討ち、おそらく自らも母のもとへ」

「……相手は？」

「まだわかりません。ただ、母が死に追い込まれたのは、バルカの内乱に巻き込まれた際に救助が行われなかったのが原因です！」

「……乃木卓の公安在籍時の記録は抹消されていた」

「裏で何かあったはずです」

「警察に不都合なことだとすれば、すべて闇に葬り去られている可能性が高い……」

「すぐ日本に向かいます！」

乃木が通話を終えると、隣の黒須が即座に言った。

「私も行きます！」

しかし、乃木は首を横に振る。

「バルカにも動きがあるかもしれない。残って動向を探ってくれ」


帰国した乃木を空港で出迎えたのは櫻井だった。

「国家公安委員長に直で掛け合いました。抹消されていた情報はすべてこの中に」

そう言って、ＳＤカードを乃木に渡す。受け取った乃木は櫻井に敬礼し、その場から走り去った。

※

内閣官房副長官の肩書を持つ上原史郎は、事務方のトップとして長年にわたり政権を支えてきたという強烈な自負を持っていた。その自負こそが、とうに七十を超えた今も激務に身を投じる原動力となっているのだ。

今夜も疲れを身に宿しつつ帰宅した上原は、リビングのドアを開けた。

だが、ふいに目の前に現れた非現実的な光景に、その場に立ち尽くす。妻と息子家族が手足を拘束され、恐怖に震えていた。

かたわらにはアジア系外国人がふたり、家族に向かって銃を構えている。

「……上原上官」

声をかけられ、振り向いた。ドアの脇に、やはり銃を手にした男が立っていた。自分とほぼ同年代だが、眼光はやけに鋭い。

その目にどこか見覚えがあった。上原は必死に記憶を探る。やがて、ずっと蓋をしてきた薄汚れた過去が、その目につながった。

「……の、乃木か……」

「……」

「い、生きていたのか」

「なんとか……」とベキは答え、上原の目を見据えたままつけ加える。

「……家族を殺されても」

「あ、あ、あれは違う……」

「安心してください。ご家族に危害は加えません。しかし、あなたはそうはいかない」

「‼」

ベキは踵を返し、リビングを出ていく。すかさずバトラカとピヨが上原を捕らえ、ベキのあとに続く。ふたりに引きずられた上原は、あろうことか拘束されている家族に助けを求め、泣き叫びはじめた。

廊下の奥にある上原の書斎にベキが入る。続いて、両側から上原を支えるようにしてバトラカとピヨも中へと入っていく。

ピヨがドアを閉めたとき、人の気配に気がつき振り返ると、ベキに銃を向け構えている乃木の姿があった。

「！」

バトラカとピヨもすかさず銃を突きつける。

ほんのわずかでも動いたら破裂しそうなほど張りつめた空気のなか、なぜかベキは微笑みを浮かべた。

「……銃を置いてください」

ベキは笑顔を向けたまま、動かない。

「銃を置け！」

「……よくここがわかったな」

父親に銃を突きつけながら、乃木が話しはじめる。

「櫻井が国家機密となっていたあなたの情報を手に入れました。抹消されていたあなたのバルカでの潜入任務の記録です」

「……」

乃木は腰を抜かしたようにへたり込んでいる上原にチラと目をやる。

「内閣官房副長官、上原史郎」

「……」

「元公安部外事課課長。あなたの元直属の上司であり、独断でバルカ潜入の任務を与えた張本人ですね」

ベキは乃木に沈黙で答える。上原は怯えたように目を泳がせている。

「一九七九年、上原副長官の命を受け、あなたは母とともにバルカに潜入を開始。五年後、バルカの内乱に巻き込まれ、救助を依頼。だが、自衛隊のヘリがバルカ内に侵入することは認められていなかった。そこであなたは、日本大使館に極秘で救助を要請。そうしてヘリは私たちの前に現れた」

そう、これは乃木自身の話でもあるのだ。

乃木の脳裏には、恐ろしい悪夢として何度も繰り返し見た光景がよみがえっている。

「俺たちはここにいる!! 助けてくれ!!」

叫びながら遠ざかっていくヘリを追いかける父と母。母の腕に抱かれた自分の視界ががくんがくんと激しく揺れる。

しかし追いつくはずもなく、小さな点となったヘリは、やがて青空に吸い込まれるように消えていった。

「なぜだ？ あああああああ！！！」

絶望した父の叫び声だけが、ぐわんぐわんと耳に響いていく。

「――だが、救助のヘリは私たちの目の前で退避を始めた。その退避要請を出したのが、上原副長官。あなただ」

「ち、違う！ 私じゃない！」

目を見開き、ぶんぶんと首を横に振る上原に、乃木はスマホを突きつけた。音声データを再生させると、ヘリコプターのプロペラ音が聞こえてきた。それをＢＧＭに管制官とパイロットとの会話が流れはじめる。

『聞こえないのか、ＵＨ１９３！ ただちに引き返せ！ これは命令だ！』

『しかし、彼はすぐそこに！』

『救出は中止だ！　繰り返す、ただちに引き返せ！』

『見捨てろと言うんですか！』

『そうだ！　上原課長のご命令だ！』

　乃木は再生を止め、上原を見つめた。上原は真っ青な顔で暗くなったスマホ画面を凝視している。

「当時の音声が残っていました。国際問題に発展することを恐れたあなたが、私たち家族を見捨てるよう、指示をした」

「……違う」

　突然割って入ったベキを、乃木が怪訝そうに振り返る。

「国際問題というのは、表向きの理由だ」

　上原を見据えるベキの瞳が冷酷な光を放ちはじめる。

「大使館が動いたとなれば、警視庁上層部に情報が入る。独断で指示した任務が失敗したとわかれば、自分の首が危ない。そうだろ？」

「……」

「すべては国のためと思い私はあなたに従い、愚直なまでに懸命に任務をこなした。だが、お前は自分のキャリアのため、いとも簡単に私たち家族を見捨てた！」

抑えていた怒りがふくれあがり、銃を持つベキの手が震えはじめる。

「お前のせいで、妻は拷問の末に無惨な死を遂げ、息子は人身売買にさらされた！　ユウスケ、この男が許せるのか」

父として息子に問うた。

わずかな逡巡ののち、乃木は言った。

「……許されることではありません」

死刑宣告を受けたかのように上原の顔がゆがんでいく。

「ですが」と乃木はベキに真っ向から対峙した。

「日本の重責を担う方を殺させはしない！」

「……」

「母もこんなことは望んでいないはずです！」

「……違う」

ベキは息子に母の臨終の様子を語った。

「私たち家族を……こんな目に遭わせた奴を……絶対に許さない……復讐して」

途切れ途切れの息のなか、訴えた言葉を。

「これが……お母さんの最期の願いだ」

「だとしても、復讐は何も生まない！　あなたが一番ご存じでしょう！」

銃を持つ乃木の手が震えている。激しい葛藤のなか、それでも息子は自分自身に正しくあろうとしている。

「……お前の言うとおりだ」

「！」

「私は復讐心に侵された人間がどんな末路をたどっていくか、嫌というほど見てきた」

「それなら！」

「だがな、ユウスケ！　私の大事な家族が壊された……この憎悪は私の中から消えることはない！」

ベキの頭の中には最期の明美の姿がへばりつき、耳の内側からは明美の最期の声が繰り返し聞こえてくる。

「復讐して……」「復讐して……」「復讐して……」「復讐して……」

苦悶の表情を浮かべる父の姿に、乃木の信念が激しく揺れる。

「……お父さん」

「お母さんの最期の願いを叶える」

「……」

「お母さんはそれを待ってる」

ベキは上原に銃口を向けた。

上原の顔が恐怖に染まる。

やむを得ず、乃木もベキに銃を向ける。

「撃てるものか。お前は私の息子だ」

「！」

グリップを握る乃木の右手に力が入る。

乃木を見つめながら、ふっとベキが物悲しげに微笑んだ。

次の瞬間、ベキは引き金を引いた。

同時に乃木も銃を撃つ。

乾いた銃声が三発、続けざまに空気を震わせる。

声もなく、バトラカとピヨがその場に倒れる。

「……」

「……」

乃木を見つめていたベキの手から力が抜け、銃が落ちた。床の鳴る音を聞き、乃木の表情が変わる。乃木は愕然とその銃を見た。

胸を真っ赤に染めたベキの口から血がこぼれた。

悲しみをこらえる乃木は肩を震わせる。

ベキは最後の力を振り絞り、息子へと歩み寄る。

「……お父さん……」

ベキは目をゆるめ、優しく微笑んだ。

「……よくやった」

「！」

「ユウスケ……お前は私の誇りだ」

ベキは息子を抱きしめた。

「お父さん！」

乃木は声を殺して涙を流しながらベキを支えるように抱きしめ返す。父の腕の力が抜けていくのがわかる。

「……」

息子の身体にもたれながら、乃木卓はゆっくりと目を閉じた。

※

「ベキの銃に……弾は入っていませんでした」

砂漠に佇み、ノコルが乃木の話を聞いている。日本から届く乃木の声は、懸命に感情を押し殺している分、逆に悲しみが伝わってきた。

「バトラカさんとピヨさんの銃にも……」

「……そうか」

「ご存じだったんですか」

「日本へ行く前日……お父さんは言っていた」

ノコルは最後に酒を酌み交わした夜のことを思い出す。

ベキのゲルでふたりきり、馬乳酒を飲んでいた。

「ユウスケは必ず私を追ってくる。私を殺さなければならない立場だ」

父の運命を思い、ノコルの顔に影がよぎる。

「そんな顔をするな。私は楽しみだ」

「？」

「任務のため、大義のため、父親の命より、国を守ることを優先する……ユウスケが私を殺すなら、日本もまだまだ見どころがあるというものだ」

　そう言って、ベキはうれしそうに杯を空けた。

「……」

「ユウスケに止められるなら……明美も許してくれるだろう」

　ノコルの話を聞きながら、乃木は言葉にならない思いがこみ上げてきた。

「ベキはユウスケに撃たれて、幸せだったはずだ……ありがとう、兄さん」

「！……」

「最期は……苦しまなかったか」

「……ああ」

「……墓はバルカで用意したい。かまわないか」

「……皇天親無く、惟徳を是輔く」

「？……」

「花を手向けるのは、まだ先にするよ」

　乃木はそう言うと、電話を切った。

　歩きだした乃木を、サイレンを響かせた数台の消防車が追い越していく。乃木の背後では上原の自宅が炎に包まれている。

焼け焦げた木片から細い煙が立つなか、上原が呆然と自宅の残骸を眺めている。規制線の内側では複数の警察官が事後処理をしている。

隣に立った野崎が上原に告げる。

「昨夜、ここで発生したのはガス爆発による火災です。乃木卓の遺体も確認できないほど焼けて、ただの煤の塊になってしまいました」

「どういう意味だ?」

「事実を申したまでです」

現実に戻ったかのように上原は表情を引き締めた。

「……しかし、初めてこの目で『別班』を見た」

「反対の立場でいらっしゃいましたね」

「シビリアンコントロールが利かない存在だ。今回は命を救われたが、危険性は常にはらんでいる」

「彼らは選ばれた人間です。誰よりもこの国を愛し、この国のために動いています」

「だが、もし暴走するようなことがあれば」

「僭越(せんえつ)ながら」と野崎は上原の発言をさえぎった。「これ以上は慎まれたほうが」

「？……」

「命取りになりかねません。『別班』はどこに潜んでいるか、わかりませんから」

昨夜の恐怖を思い出し、上原はその口を固く閉じた。


早朝の神社。朱に塗られた神殿の前で薫とジャミーンが参拝をしている。長い祈りを終え、一礼すると薫はゆっくりと目を開けた。

「行こっか」

ジャミーンの手を取り、振り返る。

目の前に乃木が立っていた。

「……」

目を丸くし、言葉を失っている薫に向かって、乃木が口を開いた。

「すみません……ずっと」

上手く言葉にすることができなかった。

だが、続きを言う前に薫が駆け寄り、抱きついてきた。

「！」

溢れ出した涙が止まらない。

「……お帰りなさい」

「……ただいま」

乃木は微笑み、薫を強く抱きしめた。

そんなふたりにジャミーンが微笑む。

乃木はジャミーンも抱き寄せた。

ふいに頭痛に襲われた。馴染みのあるあの痛みだ。

『感動の場面で悪いけどよ、そろそろ見たほうがいいんじゃねえか。置いてあるぞ』

Ｆにうながされ、乃木が視線を移した小さな祠には、赤い饅頭が供えられていた。

この日も、なんの変哲もない雑居ビルの前の通りは、何かに急かされるように足早に歩く人たちであふれている。乃木もその雑踏に身を投じた。たちまちその姿は都会の風景へと溶け込んでいく。

しばらく進むと、雑居ビルの陰から誰かが姿を現した。

野崎だ。

乃木を一瞥すると、野崎は乃木とは反対方向に歩いていった。

野崎に気がつきつつも、乃木も何事もなかったかのように通り過ぎる。

ふと、野崎は足を止めると振り返り、去っていく乃木の姿を眺めた。その口元には、まるですべてを見透かしているように、いつしか笑みが浮かんでいる。

その視線をやり過ごすように、乃木は歩調を速め、雑踏に消えていった。

――終わり

特別インタビュー

福澤克雄監督、『VIVANT』を語る。

日本のテレビドラマ史上、
体験したことのないスケール感で描かれた
『日曜劇場　VIVANT』。
その高い視聴率、無料見逃し配信の再生数の多さ、
ネットやSNS上での大変な賑わいぶりなど、
まさに社会現象となったドラマである。
この大人気ドラマの原作・演出を務められた福澤克雄監督に、
その裏側を語ってもらった。

――第1話からどのような物語なのか、まるでわからないまま『VIVANT』の世界に引き込まれていきました。監督ご自身のアイデアによるオリジナルストーリーゆえだと思います。なぜこのような作りのドラマにしようと思われたのでしょうか？

福澤克雄監督（以下、福澤）　今は小説とか漫画とか原作ものの連続ドラマが主流だけど、やっぱり原作を映像化するというのはいろいろと難しいんです。小説とドラマは表現としては根本的に違うものだから。そうなると原作ファンは違和感を抱くだろうし、もちろん原作サイドのこだわりもありますし。自分なりに、映像にした場合はこうしたら、というアイデアがあってもそれを簡単には反映できなかったりして、作り手としては少々窮屈な感じはあるんです、原作ものは。あと地上波の連ドラの定めとして、とにかく序盤が肝心で、まずは見てもらわないと話にならない。このドラマはこういう話で、こんなにも面白いというのを1、2話で見せなきゃならないから、原作の半分くらいをそこで使っちゃうこともあるんです。僕が今までやってきたドラマもそうでした。でも、海外ドラマだと1、2話はとにかく勢いでグイグイ押していって、一体どんな物語なのかまるでわからなかったりするんです。でも、何というか、続きが気になってしまうんです。ただ、物語がないものを見せるためには、映像自体に迫力や美しさ、衝撃みたいなものがなくちゃいけない。『VIVANT』はそういう海外ドラマ的な作りを試してみたかったというのがあって、そのためには作り手側の自由度の高いオリジナルでいこうと。そういうことです。

――そうは言っても、これほどの壮大な物語をオリジナルで作られるというのは大変だったことと思われますが、監督ご自身が以前から温められていたアイデアだったのでしょうか？

福澤　3、4年前にラジオで別班の話を聞いたんですけど、そのときにすごくワクワクしました。平和ボケした国だって散々言われてるけど、やっぱり日本をちゃんと守ってくれている人たちはいるんだって。それで別班というものに興味を持って、いろいろと調べて、専門家に話を聞いたりして……。やっぱり、日本とか中国、エジプト、イギリスみたいな歴史の古い国の諜報部員って存在自体がうまく隠されているらしいんです。逆にアメリカみたいな新しい国はＣＩＡみたいに目立たせる。たしかに日本でテロは起きないなと腑に落ちることが多かったし、これはドラマにしたら面白いかもと。ただ、別班という組織を主役にすると、絶対失敗すると思ったんです。それだと別班自体のミステリアスさがなくなるし、よくある組織の物語になってしまう。それで、別班員という身分を隠し、ある目的のためにひたすら進んでいくひとりの男の物語にしようと考えました。そこから、舞台はどこで、その目的はなんなのか、相対する組織は……みたいな感じで物語をふくらませていったんです。

——基本的な物語の流れみたいなものを監督が作られて、それを複数の脚本家で仕上げていくというハリウッド的な分業制にした理由はなんでしょうか？

福澤　『ＶＩＶＡＮＴ』に関しては、キャラクターの心情や一貫性よりも、シーンごとにどれだけ面白いアイデアをぶち込めるかというほうが大事だと思いました。それで若手作家を集めて、いろんな感性のアイデアを拾っていこうと考えたんです。もちろん、若い作家を育てるという目的もありました。なんでもありのドラマだから思いついたものを書いてこいって。そこで、上がった原稿を読んで、正直な感想を言う。時に彼らにとっては泣きたくなるようなことも言ったかもしれない。でも、どうなるかわからないただの練習の台本ではなく、実際に放送されることが決まっているドラマの台本という真剣勝負の場で、ぶつかり合いながら教えていった。作家を育てるという意味でも非常に有意義な作品になったと思います。

——乃木の二重人格という設定が最初のシーンから登場したのには驚かされました。主人公をあの設定にしたのには、どういう意図があったのでしょうか？

福澤　これはもう単純な話です。普段は人の好い、あまり仕事のできない商社マンが、別班員としての正体を明かした途端、「山本ぉ」って冷酷無比な男に変わる。物語上、そうならざるを得ないわけですが、視聴者がそれを見たとき、商社マンの気弱な感じは別班員という正体を隠すための演技だと思っちゃう。それでは、視聴者は乃木を好きになれないと思ったんです。あのFも乃木という男の本来の姿なんです。弱さと強さの両方を持っている男を描きたかったので、そこにリアリティを持たせるために乃木の中にFというキャラクターを作りました。

——『半沢直樹』は芝居の演出が凄くて、まさに福澤ワールドという感じでしたが、『V

―VANT』は、映像の演出に驚かされることが多いと感じました。映像の一つひとつに力があって、見入ってしまいました。

福澤　テロや諜報活動を描く作品の特性上、圧倒的な非現実感を映像で見せることがどうしても必要だったんです。それは成功したのかなと思います。東京を舞台にテロを描いても、そもそも日本とテロが結びつかないので、誰もリアルなものとしては見てくれない。それが砂漠や海外を舞台にすると、途端にリアルなものとして見てもらえる。堺さんや阿部さんが拳銃を撃っても、違和感なく物語に入ってくれる。そういう意味では、バルカという架空の国の設定とそれにリアリティを持たせる映像は絶対に不可欠だったんです。

――とはいえ、それを実際に撮影されるのは生半可なことではないと思います。特に砂漠のシーンは、ご苦労されたのではないでしょうか？

福澤　まぁ、大変でしたね（笑）。砂漠って太陽が真上にあると映像的には面白くもなんともないんです。影がないとただ砂があるだけのぼんやりとした画にしかならないんですけど、陽が傾いてそこに影ができるとものすごくカッコいい画に変わる。そのわずかな時間を狙って撮影しなきゃいけなかったので、時間との闘いはありました。もちろん、機材を運んだりとか、物理的な大変さも多々ありました。

――暑さに関してはいかがでしたか？

福澤　暑いんだけど、日本みたいな蒸し蒸しした暑さじゃない。カラッとしてるから汗もかかない。その代わり、夜は本当に寒い。嘘つけって思われるかもしれないけど、ダウン着ないとやってられないくらいでした。ただ、砂漠よりも大変だったのは、ヤギと羊（笑）。ただ、CGじゃないかと言われましたけど、あれCGで作ったら10倍お金かかります（笑）。

――集めるのも大変だったのでしょうか？

福澤　いや、集めるのは大変じゃなかったです。ヤギと羊は、そこら中にいるので（笑）。ただ、言うことを聞かないから、シーンとして成立させるのは本当に大変でした。堺さんとか阿部さんとか、役者さんたちは砂漠のロケにも嫌な顔ひとつせず、モンゴルでの撮影を楽しんでいましたね。ラクダに乗る練習とかすごくしてたな（笑）。

――堺さんも阿部さんもラクダに乗るのがとても上手で、驚かされました。

福澤　僕も乗ったけど馬より言うことを聞く。馬みたいに速く走らないし、観光用のラクダだから扱いは馬よりはやさしい。堺さんも阿部さんも乗馬ができるので、余裕で乗っていました。ただ、芝居をさせるのはね。疲れ果てたラクダが倒れるシーンをどう撮ろうかは悩みました。そうしたら、地面にベターッと首をくっつけてるラクダがいたんです。いかにも死にそうに疲れてるように見えるから、「どうしたの？」って聞いたら、「あれはラクダがリラックスしてるんだ」って。でも、見た目は死にそうに見えるからこれでいいやって。あの姿勢は手綱をちょっと引っ張るだけでやってくれるんです。あのポーズに悲しげな音楽を乗せれば、そう見えるかなと（笑）。

――モンゴル語のセリフもたくさんありましたが……。

福澤　役者さんたちは皆、頑張って覚えてくれました。ただ、よくよく考えてみたら、ドラマを見てる人でモンゴル語がわかる人ってほとんどいないんです。そういう意味では、英語のほうがキツい。英語じゃなくてよかったって、みんな言っていました。もちろん、台本にあるモンゴル語のセリフをきちんと覚えて芝居してくれました。想定と違ったのは字幕が苦手だという指摘が思った以上に多かったこと。今の若い人って洋画なんかも吹き替えで見るから、字幕に慣れていないんです。それは想定外でした。

――堺雅人さん、阿部寛さん、二階堂ふみさん、二宮和也さん、松坂桃李さん、役所広司さん、それぞれの役者さんたちについて、今回監督はどのような魅力を感じましたか？

福澤　堺さんは本当に難しかったと思います。Fとの演じ分けではなく、商社マンと別班員の演じ分けが。情けない普通の男、しかも40過ぎの童貞男ですからね。初めて女性を好きになった純粋さを表現する一方で、国を守るために命を張る強さや非情さも表現しなきゃいけなかったんですけど、そこはもう抜群でしたね。モンゴル語の発音もラクダの扱いも人一倍練習されてましたし、そういう部分にも頭が下がりました。阿部さんには前半部分を引っ張っていただきました。そこにいるだけでちょっと笑える、あのキュートさは本当に希少というか。ヒリヒリするような場面でも阿部さんがやるとなぜか和むんです。一方で存在感もスゴいですし、ありがたい役者さんです。二階堂さんはね、最初に薫の背景を全部話して、それを理解してもらったうえで演じていただいたので、大変だったと思うんですよ。緻密に計算されたお芝居をされているので、ドラマを見返してもらったらまた新たな発見があるかもしれません。二宮さんは相変わらず飄々（ひょうひょう）としていて、バルカ人の役でしたけど、気負わずに演じてくれました。現地に行くとわかるけど、モンゴル人って日本人とそっくりなんです。文法も日本語と一緒だし、中国人や韓国人なんかと比べたら全然日本人に近い。なので、外国人という意識はそれほどしなくてもいいのかなと。長い髪の毛をなびかせている感じもすごくよかったですよね。今までの二宮さんとは全然違う魅力を引き出せたんじゃないかなと思います。松坂さんとは、（一緒に仕事をするのは）今回が初めてなんです。でも、例えば4話の乃木が別班だとわかるシーンとか、9話の最後のシーンでの松坂さんの演技とか、とてもよかったですね。ともすればクサくなりがちな、あいうシーンを自然にできる役者さんは、なかなかいないですから。それに、役者の皆さんのセリフのスピードが速くて、戸惑う人もけっこういるなかで、ちゃんと合わせて対応されている。今後のシリーズの構想もあるので、これからも期待したいですね。役所さんはこのぶっ飛んだ話を成立させる切り札というか……謎のテロ組織の冷血なリーダーだけど、実は誰よりも民のことを考えている優しい人で、どうしようもない運命に翻弄されてここまで来てしまったという……こんな役に説得力を持たせられる役者なんて役所さんしかいないと思い、駄目もとでお願いしたら「いいよ」って言ってくれて。嬉しかったですね。ベキ役に役所さんがキャスティングできた時点で、いけるなと思いました。

――視聴者の間で、大変人気者になったドラム（富栄ドラムさん）の設定は、どうやって思いつかれたのですか？

福澤　イメージはチューバッカなんです。僕は『スター・ウォーズ』が大好きで。ビジュアル的にもそうなんだけど、その部分は、彼はお相撲さんなので、最初から髪も長くて。あれは地毛なんですよね。だから初めから話さない設定だったんだけど、僕も演出のことがだんだんわかってくると、「話さないチューバッカ」の演出の難しさがわかってきて。あんな演出できないよな、凄いなって思いますね。あるとき携帯電話で同時通訳ができるっていう話をしていて、「これは便利だよなぁ。あと5年もすればこういう時代になるのかな」なんて話していたんです。そのときに「これだっ」と思いついたんです。

――『VIVANT』は、これからの日本の連続ドラマの新たな可能性を感じさせる作品だと思いますが、監督の中にも危機感みたいなものがあったのでしょうか？

福澤　もちろん。今の地上波でのドラマの作り方じゃ、配信や海外ドラマにどんどん客を取られていくと思うんです。我々が生き残っていくためには、お金も時間もちゃんとかけて、それらに負けないクオリティの作品を作っていかなきゃいけない。まずそれを地上波で何千万人に見てもらってから、お金を払ってでも続きを見たいと思わせる。そういうシステムも、テレビ収入が減っている現在において、必要なのではと思っています。10年後の、テレビドラマの未来において『VIVANT』がどういう形になるかはわかりませんが、物語の構想はまだまだ頭の中にたっぷりありますので、楽しみにしていてください（笑）。

■福澤克雄（ふくざわ・かつお）
1964年生まれ。東京都出身。慶應義塾大学法学部卒業後、富士フイルムを経て、TBSテレビに入社。監督として、多数のヒットドラマを生み出す。主な代表作に『3年B組金八先生』（第4〜7シリーズ／1995〜1996年ほか）、『砂の器』（2004年）、『華麗なる一族』（2007年）、『半沢直樹』（2013・2020年）、『下町ロケット』（2015・2018年）、『陸王』（2017年）、『ノーサイド・ゲーム』（2019年）、『ドラゴン桜』（2021年）、映画『私は貝になりたい』（2008年）、『祈りの幕が下りる時』（2018年）、『七つの会議』（2019年）など。

CAST

堺　雅人

阿部　寛

二階堂ふみ

二宮和也

松坂桃李

役所広司

TV STAFF

プロデューサー …… 飯田和孝

大形美佑葵
橋爪佳織

原作・演出 ………… 福澤克雄

演出 …………………… 宮崎陽平
加藤亜季子

脚本 ……………………八津弘幸
李　正美
宮本勇人
山本奈奈

音楽 …………………… 千住　明

製作・著作 ………… TBS

BOOK STAFF

ノベライズ ……………… 蒔田陽平

カバーイラスト ………… 王　怡文

ブックデザイン ………… ニシハラ・ヤスヒロ（UNITED GRAPHICS）

DTP …………………… Office SASAI

校正・校閲 ………… 小出美由規

編集 …………………… 木村早紀　井関宏幸（扶桑社）

出版コーディネート …. 塚田　恵　古在理香
（TBSグロウディア　ライセンス事業部）

日曜劇場
VIVANT(下)

発行日　2023年9月30日　初版第1刷発行
　　　　2023年10月10日　　第2刷発行

原　　作　福澤克雄
ノベライズ　蒔田陽平

発 行 者　小池英彦
発 行 所　株式会社 扶桑社
〒105-8070 東京都港区芝浦1-1-1 浜松町ビルディング
電話 (03) 6368-8870(編集)
(03) 6368-8891(郵便室)
www.fusosha.co.jp

企画協力　株式会社 TBSテレビ
　　　　　株式会社 TBSグロウディア

印刷・製本　中央精版印刷 株式会社

Printed in Japan
ISBN 978-4-594-09569-7